Superando al amor

Daniela Salcedo O.

Primera edición: 2021

Textos: Daniela Salcedo
Impresión: Editorial UNO
Corrección: Equipo de Editorial UNO
Maquetación: Desvío Creativo
Ilustraciones: Desvío Creativo

ISBN: 978-84-09-29781-8
Depósito legal: V-1385-2021

Impreso en España

Índice

Liberarse 112

BIENVENIDOS

Todos conocemos al amor, en sus distintas formas de expresarse. Aunque sea, para los menos afortunados, por comentario de alguien más. Sabemos, gracias incluso a la ciencia, que los seres humanos tienen la capacidad de sentir amor; los niños y adolescentes saben amar, se aman las parejas casadas y las que no, aunque algunos finjan, aman los heterosexuales y homosexuales, los padres a los hijos y los hijos a los padres, se aman los amigos, los familiares, los amantes, los amos a las mascotas y las mascotas a los amos. Aman las mujeres, los hombres, los altos, las flacas, los ancianos. El amor, a fin de cuentas, es un sentimiento, y todos sentimos. Hay quienes lo conceptualizan poéticamente o quienes le dan definiciones de tipo más biológicas y fisiológicas. Unos ubican al amor en el estómago; otros, en sus partes sexuales, y algunos lo sitúan en el cerebro.

Lo que sí está claro, sin tanto mareo, es que el amor existe. Como tú quieras que exista. Y si no crees en él, igual tocará a tu puerta. Porque el amor entra sin invitación, llega sin avisar, incluso en el peor momento, porque sabe que todos los corazones son capaces de amar: él es experto en descifrarnos, su magia radica en sorprendernos.

Y así como hay principio y final, arriba y abajo, noche y día, pues aparece el amor y el desamor. A este último, seguramente, también lo has conocido. Es igual de intenso, igual de potente. A medida que más amamos a una persona, más nos duele el desamor si se le ocurre llamar a nuestra puerta. También nos cambia, nos toca profundamente, nos llega al alma. Y quizá eso sea lo lindo de amar, que lo hacemos a pesar del desamor.

Es por eso que te doy la bienvenida a estas páginas, llenas de las historias de aquellos dichosos que han sido tocados con esa magia, para que tus ojos recorran estas letras poco a poco y que tu imaginación te permita sentir lo que lees. A manera de diarios personales y cartas, podrás vivir relatos que no son tuyos como si lo fueran, porque amar es tan universal como las miradas y sé que este libro puede llegar a tu esencia. Da un paseo hasta acercarte a los corazones de estos personajes, que nos recuerdan que veces resulta más doloroso, y al mismo tiempo liberador, superar al amor que al propio desamor, porque amar es de valientes, y se trata de sentir y conectar con el alma. Solo quien realmente ha amado en carne propia sabe lo que se siente. Deseo que sientas el mensaje de estas páginas, es verdadero, es real, es tuyo, es mío, es nuestro. Porque las coincidencias no existen, y hoy estás nadando en estas líneas, que, en un momento, fueron mis noches, para que paralelamente, vibremos. Te prometo que después de leer este libro, te proyectarás de forma diferente.

HISTORIAS CON VIDA

Lo más bonito de todo lo que estás a punto de leer es que estos cuentos son tan veraces como tú y como yo. Mi inspiración se la debo totalmente al gran sol, a su calor acogedor y a su fuego que quema; aunque el planeta Tierra me mantiene en equilibrio, la luz de esta estrella gigante me murmuró: «Escribe», y eso hice. Y si bien es cierto que gran parte de estas letras fueron fluyendo por la conexión de mi mente creadora junto con mis manos, he tenido también el honor de plasmar en estas próximas páginas pensamientos de personas que abrieron las puertas de sus recuerdos quitando cerraduras para compartir conmigo y contigo. Mi más sincera y profunda admiración.

DEDICATORIA

Al amor del sol y la luna

La vida es un ciclo, así como la constante búsqueda entre el sol y la luna, que repiten día y noche su conquista para ver si triunfan.

Pareciera que ellos fallan en el amor, porque pasan su eterna existencia enamorándose, pero nunca se tienen. ¿Por qué no dejan de buscarse si todo parece ir en su contra? Bueno, tal vez de eso se trata el amor verdadero. Solo lo sabe el que lo siente.

Ella. Pensando en el astro sol. Enviándole su energía tenue, aunque ella sabe que él brilla de puro existir. La guardiana de sus sueños, de sus proyectos y de sus metas. Luz en la oscuridad, apareciendo en los momentos más importantes, donde con un poco de su claridad alumbra cualquier penumbra. Siempre presente, aunque intocable en la distancia. Rodeada de sus amigas las estrellas que la ayudan a no sentirse sola por las noches. Esa luna elegante de tono blanco perla que se hace menguante a sí misma para tener la forma de los brazos de una madre y acunar a su amado cuando él lo necesite. Que se convierte en luna llena iluminada al cien por cien cuando la Tierra está justo entre ella y su amado para que él, aunque no la vea, sienta su presencia.

Ella se peina, se maquilla, se coloca su mejor traje de gala y con una enorme sonrisa se refleja en el mar, en los ríos y en las lagunas para enviarle su amor a todas aquellas personas asomadas a las ventanas que la contemplan, porque no pueden dormir. La luna conoce sus secretos, porque los humanos siempre le hablan. Ella sabe que la vida no es fácil a veces, y que los enamorados se piensan más por las noches. Ella, protagonista de historias con hombres lobos y brujas, vigilante de noches en vela, lo que realmente quiere es romance y ternura. Es fuerte, y aunque no siempre la vean resplandecer, la pueden mirar directamente a los ojos porque no tiene nada que esconder, solo tiene mucho que dar.

Él. Pensando en la luna. Él sí que es difícil de mirar fijamente porque te quema con su calor, tiene magia y te deja viendo estrellas aunque solo se aprecien de noche. Sí, tiene magia, pero no lo sabe, un encanto muy potente. Con una calidez que atrae, pero si lo tocas arderán tus manos. Tiene todo lo que la luna necesita y ni se imagina lo mucho que ella lo admira, lo anhela. Y él quiere que ella esté a su lado, no tan lejos, del otro lado.

Él. Brillante, poderoso, capaz de regalar días de verano a familias enteras que se acuestan en la arena de la playa o en la grama de las montañas con los brazos abiertos para recibirlo y nutrirse de su chispa. Él. Fuerte, intenso, imponente, importante. Trabaja todos los días. Incansable. Sin él, ni las plantas vivirían. Él da vida. Permite que los colores se vean más nítidos, que los enamorados se vayan de paseo a la naturaleza, es el cómplice del artista que pinta con luz natural.

El sol es todo un guerrero que tiene a la dama luna enamorada. Mientras que, en silencio, él también admira de ella tanta belleza. Es un amor real y sincero, puro. Cada uno con su encanto y su importancia. Un amor de lejos, donde nunca coinciden, un amor a distancia.

La luna, casada con una constelación. El sol, casado con un hermoso y despejado cielo azul. Pero siguen, día y noche, queriéndose, amándose, buscándose, extrañándose. Viviendo su historia. Saben que no podrán encontrarse nunca, el mundo estallaría y se volvería un completo caos si eso sucediera.

Pero ellos se aman. La luna y el sol. El sol y la luna. Se sueñan de día, y se piensan de noche.

Enamorarse

ENAMORARSE

Como si fuera tan fácil enamorarse. A mí me da terror, pánico. Tener que compartir mi vida con alguien más, comentarle mis decisiones. Que conozca mis gustos, mis gestos. No. Siempre me negué a eso del amor. El día que me di la oportunidad de dejarme llevar, empecé a sentir esas mariposas en el estómago de las que tanto habla la gente, y sí, me sonreía como tonta por cualquier bobería. Entonces, cuando ya me tenía a sus pies, arrodillada y drogada de amor, descubrí mentiras, engaños, puñaladas, desinterés. Recibí gritos, maltratos, insultos. Enamorarse es de valientes, y yo siempre he sido cobarde.

Entonces apareciste tú. Coincidimos en el metro 8, en la estación que tomaba todos los días al salir de mi trabajo. Me atravesaste con tu mirada y pensé: «¿Cómo será posible tanta belleza en una sola persona? ¡Será un extraterrestre este tío!». Después de eso creí que mi vida seguiría como siempre. Tan ilusa. Sin darle tantas vueltas a la cabeza sino únicamente disfrutando tu imagen en mi mente. Mi rutina continuó igual. Llegando a casa, abrazando a mi perro Star, cenando comida prefabricada, un par de llamadas, una ducha y a dormir abrazada a mi novela best seller del mes.

¡Qué equivocada estaba creyendo que no volvería verte! A la siguiente semana, dentro del vagón, unos zapatos deportivos negros llamaron mi atención, subí la mirada, un pantalón azul, un cinturón negro, una camisa en otro tono de azul... y me encontré con tu cara. Me negué a verte del todo. De ahí en adelante, estabas siempre, en el mismo lugar, a la misma hora prácticamente. Incluso cuando probaba a quedarme unos minutos más en el trabajo para no tener que visualizar de nuevo tanta hermosura, pero parecía que me estabas esperando. Y así fue, ahí estabas. Cerrada a enamorarme una vez más, tú hiciste hasta lo imposible para que me fijara en ti.

Gracias por ser tan testarudo, tan terco, tan insistente, tan manipulador, tan enamorado. No hicieron falta ramos de rosas y claveles, cartas de amor ni sorpresas. Solo tu mirada y tus palabras, que día a día en el metro me cortejaban. Una mirada sublime, brillo de purpurina, me desnudabas con solo verme, me hablabas con solo sonreírme. Tu voz gruesa, que me susurraba al oído las frases perfectas, que seguramente pensabas muy bien como si de un guion se tratara. Me atrapaste. Soy el trofeo, y tú el ganador.

Me enamoré, lo que menos quería. Mejor dicho, me enamoraste, porque yo me negaba. Cada día crece más el cariño a la par que aumenta el miedo a que lo nuestro llegue a romperse, porque me siento tan elevada contigo que yo no sé si aguantaría la caída.

Llegaste a enseñarme que sí hay más oportunidades en el amor. Enamorarse es hermoso, enamorarse es jodido. Y quiero vivirlo contigo.

EL AMOR

¿Sabes lo que es tener mucha sed, ya con la boca seca producto del clima caliente, y tomarte entonces un vaso con agua fría y super refrescante? Esa sensación de bienestar es una sutil manera de describir el amor. Cosquillas por dentro. Caricias en el rostro. Besos suaves en la frente. El olor del mar. Un abrazo sincero. Eso es el amor.

Amar sana el alma, nos limpia, nos purifica. Amar hace que el tiempo deje de ser una excusa, no importan los errores del pasado, no nos angustia la incertidumbre del futuro, solo nos enseña a sentir el momento presente, sí, sentirlo. Amar es seguridad, protección, abundancia, honestidad, riquezas. Es aceptarse con defectos, es disfrutar de las diferencias. Eso es el amor.

Es la oportunidad de volver a intentarlo, es curar una herida, es comerte un sándwich, aunque esté muy, muy, muy tostado, porque te lo prepararon con cariño, es decirle que se ve precioso con su ropa sucia de obrero y que se ve maravillosa con sus ojeras pronunciadas. Sentirse amado es sumamente divino, pero deseo de corazón que ames porque esa es la mejor sensación. La de preocuparte por el bienestar del otro, enviarle luz cuando le piensas, pasear juntos y quedarse hasta muy entrada la madrugada conversando, cantando y riendo. Eso es el amor.

El amor tiene muchos significados, depende de quién lo siente. Puede ser pasión, puede ser lealtad. Para mí, se trata de ser, así, sin más. Poder ser. Ser tú mismo cuando estás con ese alguien que amas. Ser en tu más pura materia prima. Sin tabúes. El amor no se obliga, se es. Y es que una vez que dices «te quiero» ya no te puedes retractar. Con el paso del tiempo podrías dejar de sentir ese afecto, podrías comportarte con distancia y frialdad, pero ese instante en el que amaste ya no se puede borrar. El amor es.

Tú, mi cielo, tú eres amor.

VERANO

En esta época del año, hay muchos amores que nacen y mueren, como el ciclo de la vida. Se respira algo en el ambiente que pone más feliz la gente. Pequeña droga que liberan los rayos del sol, astro rey que brilla con más potencia, iluminando tus tiernos ojos.

Otros amores, que, tras algún tiempo de frialdad, retoman su calor, no fallecen. Se me da la extraordinaria oportunidad de ver un poco más de tu piel, de tus pecas, de tus brazos y piernas, que llevaban algún tiempo escondidos bajos telas de chándal y bufandas. Mirarte pasear por la casa con poca ropa se convierte en mi distracción, mi diversión.

Verano. Días largos, noches cortas. Las playas reciben a más personas sonrientes, porque sus aguas se vuelven cálidas. Se apagan las fogatas, y el invitado principal es el pícnic. Caminatas por la montaña, paseos en bicicletas, viajes a lagunas y ríos. Montar a caballo para sentir la brisa durante la cabalgata. Amantes escondidos tras los arbustos en un parque familiar. Deportes al aire libre.

Aprovechar la claridad del día para pintar cuadros y dibujar paisajes. Escuchar el cantar de los pájaros. Lo mejor de todo es poder compartir contigo. Más cerca que nunca, piel con piel, calenticos. Verano sin ti es sentir lluvia y frío.

Acércate y bésame. No importa el sudor, solo el azul del cielo que nos observa.

AMAR NO ES SENCILLO

Qué difícil es el amor. ¿No te parece? A veces dudo de que exista algo tan jodido como amar a alguien. Lo das todo, entregas tu verdadera esencia que ni tú mismo conoces. En un principio intentas parecer perfecto, ocultando cada mínimo detalle que tú consideras poco atractivo. Inevitablemente, al ir sonando el tictac del reloj, tiendes a mostrar la realidad de tu imperfección, bien sea que te amen así o no, te sientes vulnerable como un ilusionista revelando sus secretos.

El amor te hace tomar decisiones que jamás creíste que tomarías, te hace SER para el otro. Muy bonito eso de amar, muy emocionante. En ocasiones vas como un mono de rama en rama, pero saltando de brazo en brazo, buscando a la persona que tenga la pieza que encaje adecuadamente con el contorno de tu cuerpo. Por momentos, crees haberlo encontrado; entonces, con el pasar del tiempo, aparecen los roces y se va dañando el engranaje. Puedes jurar no volver a amar más nunca, tras sentirte derrotado, como si hubieses luchado ante cientos de guerreros feroces con lanzas y cuchillos que atravesaron tu corazón. Pero el amor tiene su propia forma de actuar y nada lo detiene. Ilusamente, aparecen nuevos ojos que te hacen confiar de nuevo y te hacen creer que te ayudarán a olvidar esa mirada anterior.

Qué jodido es el amor. Cuando amas a alguien, pero no se lo dices. Cuando a quien dices amar no se lo demuestras. Cuando esa persona que amas te abandona. Amar sin ser amado, ser amado sin merecerlo, todo te lleva al mismo barco. Amar sin ataduras, amar con sacrificios, amar a pesar de que el destino sea el naufragio. Nada sencillo eso de amar, pero quien no ama no ha vivido. Muchos se cierran al amor sin saber que no hay sensación más gratificante que compartir ese sentimiento, así sea solo por una temporada. Vale la pena, vale el esfuerzo. Incluso sabiendo de antemano que, aunque consigas ese ser especial con el que escribir «felices para siempre», alguno tendrá que irse de este plano terrenal.

En mi caso, aunque he navegado durante varias tormentas, a pesar del sufrimiento, volvería a amar mil veces más, porque sé lo que significa ser amado.

Solo quiero que sepas que amar no es fácil, pero te amaré en todas mis vidas.

MAGIA

¿Tú crees en la magia? Yo, sí. ¿Quieres saber dónde la veo? En las primeras carcajadas de un bebé, cuando el acuarelista deja parte de sí en el lienzo y el escritor plasma su alma en una hoja. La magia; esas mamás que no paran de oler los piececitos de sus hijos, y hablando de olores, ese aroma particular de los cachorritos y la fragancia que desprende la tierra mojada, suelo que ha sido besado por la lluvia, el perfume de mi abuelo, un cafecito al empezar el día.

La magia está en las manos que dan y que alimentan, en el músico que compone su canción perfecta, en el atleta que detrás de tanto esfuerzo y constancia gana su primer campeonato. En esa sensación de logro y satisfacción cuando cumples tus metas, en ese abuelo que abraza a su nieto, en esa persona que perdona y en ese docente orgulloso que ve a sus alumnos graduarse.

La magia es mirar a los ojos a alguien y entenderlo sin necesidad de palabras, es ese beso que jamás olvidas, la conexión que no entiende de distancias, ese sabor a chocolate. Está en el desconocido que da los buenos días, en el que abre la puerta, en la sonrisa del trabajador que atiende con respeto a su cliente, en el voluntario que recoge escombros después de un huracán. Ella vive en las pequeñas cosas de la vida, en la simplicidad de un gesto de cariño, en los amigos que te escuchan, en el perdón, en la voz que no calla sus sentimientos, en las heridas que sanan, en la comodidad de una cama. Es soplar la vela de cumpleaños, que los animales vivan libres de peligro, que sostengan tu mano.

En el mundo hay magia en cada rincón, algunos la ven, pero otros van tan ocupados que pasan por un lado y ni se enteran. La queja daña la magia, la opaca. Yo la he visto en los momentos más difíciles de mi vida, también en los más felices. Sé que hay magia disfrazada de personas comunes, corrientes. Te puedo asegurar que sí conozco la magia; una vez que choqué con ella, nunca pude borrarla. Y la más dulce que he visto la encontré en tu mirada.

SIEMPRE SUPE QUE ERAS TÚ

Lo supe enseguida. Tú, la perfección hecha persona, aunque digan que nadie es perfecto. Me atraía tu cabello, me atrapó tu mirada, me convertí en esclava de tu sonrisa pícara.

Ese mismo día supe que eras tú. El carisma que irradiabas impregnaba el lugar y todos reían con tus ocurrencias, agradecían tu presencia, y yo me contagié de ti. Pensé que no sería nada fácil llamar tu atención, que llegaras a enamorarte de mí; yo, tan niña, tan frágil, tan inexperta, tan callada, tan tímida. Tan normal. Y tú... tú tan... tú. Tan diferente al resto, tan elocuente, tan seguro de ti mismo, leal, noble e incluso con algo de misterio.

¿El destino estaría a mi favor? ¿Me mirarías a los ojos? ¿Notarías mi existencia? Yo tenía mil dudas, pero supe que eras tú enseguida. Muy extraño eso, dudar y al mismo tiempo tener la certeza de que serías para mí, y yo para ti. Es que me lo decía el sonido del mar y me lo gritaba la brisa. Hoy en día, tanto tiempo después de ese primer encuentro, te veo a mi lado, y no me lo creo. Sigo sin entender cómo con tanta duda fue mi instinto y mi seguridad quienes tuvieron la razón. Cosas del azar, supongo. Regalos del universo.

Ha cambiado tu cabello, tus ojos se notan mucho más cansados, tu sonrisa ahora se toma descansos. Pero sigues siendo, tan... tú. Tan cordial, tan especial, tan apasionado. Hemos crecido juntos y bastante que hemos cambiado. Sigo estando plenamente segura, por eso seguiré a tu costado.

Príncipe de cuento de hadas, pero real. Caballero de armadura de oro y corazón de flores. Artista apasionado. Guerrero poderoso. Sabio. Aventurero. Llegaste como un mago y aquí te quedaste.

Y si me atacan las malas decisiones, la envidia, los consejos inservibles, los miedos y demonios, no hace falta más que mirar nuestro recorrido para encontrar el camino, el punto de retorno, y quedarme contigo. Porque siempre supe que eras tú.

QUERIDO LECTOR:

Entre versos y letras, seguramente se ha despertado en ti algún recuerdo, o incluso algún deseo. Antes de continuar con la lectura, muy prometedora, por cierto, haz esta actividad. A continuación, usa una lupa para ver bien adentro en tu corazón y escribe el nombre de esa persona de la que te enamoraste alguna vez y de la que amas hoy en día. Puede coincidir siendo la misma persona, o quizá te hayas sentido flechado por distintos cuerpos y almas. No importa. Solo escribe lo que sientes, su nombre, sus formas, tal vez prefieras hacer un dibujo o usar un código. Suelta los tabúes y déjate fluir.

ME GUSTAS

¿Qué quieres que haga si me gustas? ¿Qué puedo hacer? Es que te veo y se me olvida la lógica. Tu belleza me distrae. Me encanta tu cabello despeinado, tu mirada, tus tobillos gruesos, tu boca jugosa. Me gustas en pijama, con ropa y sin ropa. Me gusta cuando me hablas, aunque a veces ni te escucho. Me pierdo en tus gestos, en tu desplazamiento, en la pasión que le añades a la historia que narras: vas de arriba abajo, acelerado, poniéndole sentimiento a todo lo que dices. Me gusta que eres pura emoción, lo que yo necesito. Me enseñaste a sentir. ¿Cómo hago si me gustas? ¿Cómo no perderme en esos ojos oscuros que me ven igual que yo los veo, aunque con cierto disimulo? Me gusta la manera en la que amas, la forma en la que ves la vida, tu estilo, tu ser, tu inteligencia, tu seguridad, tu rara elegancia, tu lado oscuro, con sombras y secretos. Porque eres vulnerable, real. Eres atractivo y me cautivas con tu caminar. Incluso te admiro al verte cocinar y te imagino solo usando un delantal. Me gusta aprender de ti, me gusta que me escuchas. Yo no te buscaba, pero tú llegaste, brindo por ese día en que respondí a ese «hola», y tú sin querer, o quizá queriendo, me enamoraste. Tus piernas, tu cintura, los huequitos que se marcan en la parte lumbar de tu espalda, esos divinos hoyuelos de venus, tu blanca piel, tus caderas, tus hombros, tu espalda, tu única peca. Tus cicatrices, tus movimientos. Tu olor, tu sabor a primavera, tus sentimientos y pensamientos. Tu andar, tu esencia, tu ritmo al bailar, cómo me haces vibrar.

¿Qué quieres que haga si me gustas?

TE PROMETO

Te prometo una vida con promesas sin cumplir. Es que ¿para qué decirte que te bajaré las estrellas si no sé ni cómo prepararme un té? Yo lo único que hago bien es quererte, y a pesar de todo lo que nos ha pasado, sé que es así porque cuando estoy a tu lado me siento segura, y sé que tú te sientes en casa. Así que te prometo que seré imperfecta, que te clavaré espinas, que nada será color de rosas ni como en un cuento de hadas. Te prometo que en nuestro caminar nos tropezaremos con obstáculos que nos superen, dudas, discusiones y desconsuelo. Que seremos frágiles y quizá nos rompamos. Te prometo que esa sorprendente y divina etapa del enamoramiento caducará, y lo que hoy amas de mí, algún día dejará de gustarte. Mis besos dulces quizá sepan a sal como el agua del mar, y mis caricias puede que te corten la piel.

Te prometo embriagarnos en risas y en llantos, una casa desordenada y muchas deudas con el banco. Te darás cuenta de que no me baño a diario y que en ciertos momentos dejo de ser espontánea y audaz para convertirme en una cosa inservible que solo quiere ver televisión y comer helado. Prometo mostrarte mi peor versión, mi peor faceta, y que no siempre sabré cómo animarte.

Cometeré muchos errores y podrás sentirte defraudado. No siempre sabré vestirme sensual y radiante para ti. No todas las mañanas te despertaré con un beso y un rico desayuno. Prometo ser malcriada de vez en cuando, caprichosa, olvidarme de fechas importantes. Te prometo que innumerables lunes y soles serán testigos de nuestro amor. Y que siempre, escúchame bien, siempre, siempre, estaré ahí para ti. Porque quieras o no, te prometo que te llevo tallado, incrustado y tatuado. Te prometo que no haré falsas promesas que caduquen con el tiempo, que no compartiré mi postre cada vez que me lo pidas, que no todo el tiempo estaré dispuesta a escuchar música, que algunos días querré bailar y otros no querré ni asomarme fuera de mi caparazón.

Te prometo que voy a quererte toda mi existencia, y, si no me crees, al menos mientras dure este amor. Y juro que si me necesitas, cuando sea, podrás contar conmigo Porque mis promesas están selladas con sangre y hechas con el corazón.

TE VI

Te vi y latió mi corazón a una velocidad distinta a la habitual. Me sentí acelerada. Respiré, intenté calmarme. Pero mi cerebro no escuchaba los mandatos de mi mente, se comportaba como todo un rebelde. Volví a observarte. De nuevo, el corazón. Tun tun tun tun. «¿Qué me pasa?», pensé.

Tu camisa de un solo tono gris, con un único botón en el cuello que adornaba tus clavículas, un poco escondidas detrás de la tela, pero que a mí me hacían señas para no dejar de mirarlas. Tun tun tun tun. Delgado, con una cabellera rebelde y despeinada, manos que deseaban ser acariciadas. Con un caminar gracioso, expresión de pocos amigos, pero irónicamente saludando hasta a la mosca que volaba sobre ti. Jean desgastado, zapatos negros que lucían cómodos. El viento hizo una de las suyas jugando a tu favor, y me envió un poco de tu perfume, jamás olvidaré esa fragancia suave.

Te sentaste cerca y comenzaste a hablar con un grupo de personas, llegó a mis oídos tu voz, la inmortalicé enseguida en mi memoria, guardada en la caja fuerte. Sonreíste y se te arrugaron los ojos, me perdí en la comisura de tus labios. Te vi. Algo se encendió en mí, sentía que no era lo correcto, pero no podía evitarlo. «¿Cuál será su nombre?», me pregunté.

Esa primera vez que mis ojos te vieron, tú, una obra de arte, que me cambió la vida sin saberlo.

ESE DÍA

Cuando las abejas dejen de polinizar flores, cuando los delfines coman tiburones. Cuando los bebés dejen de luchar contra el sueño, cuando ya no me asusten los truenos. Cuando los aviones naveguen y los barcos vuelen.

Cuando los políticos dejen de mentir. Cuando los murciélagos y búhos duerman de noche. Cuando las ocurrencias de un niño no te hagan reír. Cuando los taxis no quieran llevar pasajeros, cuando en verano las playas estén vacías, cuando el océano se seque.

Cuando las personas dejen de criticar, cuando de las nubes llueva fuego, cuando los dragones hagan las cenas en los hogares. Cuando dejen de celebrarse las Navidades.

Ese día… te dejaré de amar.

SISMO

Nacieron para encontrarse. Fueron creados el uno para el otro. Por separado eran admirables, pero juntos podrían haber sido una solemne proeza. Solo hubo un pequeño detalle.

Él. Enamorado. Un romántico. Soñaba con una mujer con la que vivir por siempre, formando una familia. Alguien que por las noches lo escuchara y lo consintiera.

Ella. Puro fuego. Mujer segura e independiente. Deseaba a un hombre que no la quisiera de adorno, que estuviera para abrazarla y apoyarla. Alguien que por las noches no estuviese ausente emocionalmente.

Él era bohemio. Le gustaba el arte, la música, los deportes al aire libre. Bailar con quien y donde fuera, beber cervezas. Tenía la chispa grabada en su piel. Ella era ejecutiva. Disfrutaba de los placeres simples de la vida, pero todo tenía un orden, una secuencia. Se organizaba por prioridades, por tareas, negocios. Él necesitaba de su enfoque y ella de su espontaneidad. Él de su razón y ella de su sentimiento. Los dos poseían sabiduría, pero que debía ser compartida.

Parecían, a simple vista, ser de galaxias diferentes. Él, de familia adinerada, decidió formarse para complacer a los padres y luego dedicarse al mundo de los lienzos y acrílicos. Ella, con una familia que a duras penas le pudo pagar la universidad, decidió hacer el mundo de los negocios suyo, hasta gobernarlo. Él, en bici para disfrutar del paseo; ella, en un último modelo para llegar a tiempo a las reuniones.

Pero, día a día, se buscaban, se pensaban, se soñaban. Un hombre como él, una mujer como ella. Familias distintas, sí, pero los mismos valores. Gustos diferentes, sí, pero que llenaban espacios que debían ser llenados. Ella necesitaba tiempo para disfrutar de la montaña; él necesitaba ayuda para emprender. Ella era la mejor repostera, le había enseñado su abuela. Él, un adicto a las tortas y galletas. Él tenía manos fuertes de hombre que sabía amar y construir, ella necesitaba de esos masajes que la hicieran sentir segura.

La pareja perfecta. Se cruzaban a diario, sus trabajos quedaban en el mismo edificio. Él fantaseaba cada mañana con la fragancia que ella dejaba en el ascensor; ella se tomaba un receso todos los días a las once para disfrutar de un té mientras escuchaba por la ventana la voz de ese singular vecino que cantaba. Una tarde, sus miradas coincidieron en el lobby, dos corazones se pararon por un segundo para luego latir acelerados. Se detuvo el mundo. En esa fracción de tiempo ninguno supo cómo reaccionar. Él se asombró con su belleza, ella se encendió con esos ojos. Nació la magia.

Y fue allí cuando ocurrió el temblor, sonaron las alarmas de seguridad, escombros empezaron a caer. Un chispazo. Un fuerte sonido que provenía del elevador. Fuego. Cayeron al suelo, él la rodeó con sus brazos; ella, asustada, se dejó abrazar.

Nacieron para estar juntos, pero el destino llegó tarde.

QUERIDO LECTOR:

Déjate sorprender por este cambio de rutina. Si estás aquí es porque disfrutas de una amena lectura. Ahora, rompe el esquema y conviértete tú en el escritor, este espacio es para ti. Plasma en este papel lo que sientes por esa persona, describe de qué manera ha tocado tu ser y tu esencia. Escríbelo con esa tinta indeleble que no se borra de la piel ni de la memoria. Suéltalo todo, no te guardes nada.

MAR ADENTRO

Notar su cercanía. Oler su fragancia peculiar, no es un perfume, es su sudor. Sentir su aliento suave, respirándome en la nuca, que cada vez se hace más agitado. Vibrando con él, van aumentando mis pulsaciones, siento fuertemente mis latidos. Me doy la vuelta y quedamos de frente. Admirar bien de cerca su labio inferior, carnoso, de un pálido rosa, húmedo y sensual. Se muerde una esquinita. Acerco mis labios a su boca, pero no lo beso. Continuamos así, cara a cara, de pie, pero con el mundo dando vueltas. Me retiro, lo veo de pies a cabeza. Crece el deseo, aumentan las ganas.

Me inquieta la forma en que ocupa mis pensamientos, constantemente. Sé que, aunque se encuentre a siete mil kilómetros de distancia, no podría apartarlo de mi mente. Pero justo ahora, después de todo lo vivido, tenerlo ahí, tan cerquita, percibiendo su energía, me resulta más seductor, más interesante. Voy perdiendo todo tipo de lógica y razonamiento a medida que mi cuerpo se aprieta con el suyo. Ley de atracción. Somos dos imanes.

Rodeada con sus brazos, me acerca hacia él. Yo me abrazo a su cintura, y mi mano comienza a subir delicadamente hasta su cuello, como si tuviese vida propia, comienza a acariciar su oreja, y coge fuertemente su desordenado cabello. Empieza, sin director, una coreografía, espontánea y mágica. La danza de la lujuria, con unos pasos de amor y afecto.

Quiero seguir su ritmo, voy tras él, acatando órdenes, pero en un acto recíproco. Mi placer radica en darle placer.

Me huele el cabello, yo hundo mi nariz en su cuello. Me abraza fuertemente, yo lo abrazo con cariño. Me besa, yo lo beso. Lo fui siguiendo. Me sonrió, le sonreí. Pasó su lengua por mi vientre y yo, acto seguido, imité el movimiento. Descubrió mis intenciones y entendió las reglas del juego. Él me guía y yo me pierdo.

Así empezó esa mañana en el sofá de su sala, hasta quedar desnudos de ropa y desnudos de alma. Entregada ciegamente a la fuerza de su cuerpo, a su poder masculino, a su virilidad, a su pasión, a sus secretos. Navegamos juntos, entre sensaciones, sabores, olores, en un océano infinito de hermosos sentimientos. La mañana se hizo tarde, la tarde se hizo noche. Con él, pierdo el sentido del tiempo.

Soy instinto, soy impulso, soy pulsión. No obedezco a la razón. Y viajé con él, mar adentro.

ASÍ SE SIENTE

El arcoíris que se ve en un cielo despejado. El paciente ingresado que se recupera de una enfermedad. El rocío en las hojas verdes al amanecer. Animales descansando en su hábitat sin peligro de ser cazados por el hombre. La luz de las velas. El sonido de una cascada. Despertar... y agradecer.

El primer beso. Cuando la toma por la mano. Enamorados intimando. Un abrazo en silencio. Que nadie pase hambre. La calidez del sol en la piel. Sonrisas de niños. Una frase motivadora. Conectar con alguien, más allá que coincidir. Bailar alegremente como si nadie te estuviese mirando. La agradable temperatura de una fogata en invierno y el crujir de su leña que se convierte en música. Fiesta de sabores en el paladar. El reencuentro de familiares. Sensaciones bajo las sábanas. Dar a quien no tiene, dar a quien lo necesita.

Compartir en una tarde de risas con buenos amigos. Brindar por la vida, algunos con café, otros con cerveza. Caricias con cariño. Ancianos que no se arrepienten. Una brisa tenue. Un bosque de pinos. Sueños cumplidos y metas logradas. Una tarta de cumpleaños. Un buen vino. Una película juntos. Recuerdos. El olor del césped húmedo. Suspiros. Sonrisas traviesas. Regalos sorpresa. Despertar a los hijos con cosquillas. Hablarse después de un tiempo y seguir sintiendo afecto. Tocar un instrumento. Dedicar canciones. Dormir abrazados. Reconciliaciones.

Así, así se siente el amor. Así se siente enamorarse. Así se siente amar.

LO QUE ERES PARA MÍ

Eres mi mayor impacto. Un evento como tu aparición en mi vida es algo que jamás imaginé. Llegaste de repente a cambiar todos mis esquemas, a desajustarme, a hacerme dudar, como si hablaras otro idioma. Un dialecto que me hipnotizaba y que me hizo aterrizar en tierra firme.

Aprendí sin darme cuenta a amarte cuando pensaba que solo serías un conocido más. Me diste confianza, hasta el punto de que solo contigo me siento cómoda cantando en el coche, mientras damos un paseo inesperado. Porque sí, admito que solo contigo me atrevo a salir de la ciudad para merendar, dejando atrás el bullicio y el tráfico, la rutina, hasta llegar a la orilla de la playa, sentarme en un tronco, oler el mar, reír y besarte. Hacer recados en un autobús nunca había sido tan divertido, hasta el día en que viajé en tu compañía.

Quiero quedar contigo para dormir la siesta. Quiero compartir mi tarta de fresa. Me enamoré de ti como una niña ilusionada que solo piensa en hacerte cosquillas. Te sueño y amanezco feliz. Me tienes hechizada. Me tienes encantada.

¡Ay, que te como el corazón! Quiero pasar contigo Navidades, cumpleaños, festividades, días comunes y días especiales. Porque contigo río, vivo, conecto y salta un chispazo salvaje. Tu mirada, esa mirada tan dulce, ni tú ni nadie tienen idea del efecto que causa en mí. Qué bien se siente amarte. ¿Qué opinas de quedarte conmigo el resto de nuestras vidas, para siempre? Porque me niego a dejar de amarte.

Puedo ser yo misma cuando estoy en tu presencia, y cuando no estás a mi lado, te trasladas hasta lo más profundo de mi mente, ahí resides. Es que tan solo pensarte es vivirte, es saborearte, es olerte. Eres honorable, y yo tu causa benéfica.

¿Quieres saber por qué me enamoré de ti? Porque eres divinamente atractivo, joder. Irresistible. El envoltorio y el regalo. ¿Y sabes qué es lo más sensual que tienes? Tu alma, tu esencia, tu sonrisa. Esa sonrisa. Es que tus palabras me inmovilizan, tus sentimientos me conmueven, tu físico me atrapa, tu sensualidad me quiebra. Pero tu inteligencia me sobrepasa.

Tu espejo no ve lo que yo veo, debe de ser que está sucio, dañado, turbio, cuando dices que no entiendes por qué te percibo tan perfecto ni de dónde viene mi cariño. Porque yo solo veo encanto, esfuerzo, talento, humildad. Soy afortunada, acurrucarme contigo es mi lotería. Cuando el sol se despide cada día, no me queda más que dar gracias por haber unido nuestras vidas.

Si tuviese que medir las alegrías que me das, te diría que tantas como pecas en tu espalda, tantas como gotas en el mar. Tú, mi amor. Tú, mi vitamina.

Acércate un poco, que te lo voy a explicar a besos.

PERFECTA

¿Que si es perfecta? ¿Qué clase de pregunta es esa? Aunque hablen de la perfección como un ideal inexistente, te aseguro que ella tiene todas las cualidades para ser perfecta.

Cuando la conocí, ya había dejado de intentar dar su amor a un imbécil que no lo sabía valorar, y comenzaba a amarse más a sí misma. Eso la hacía sumamente atractiva. Ella es perfecta, y me alegro de que él no se haya dado cuenta.

¡Qué mujer tan peculiar, tan auténtica! Lo tenía todo. Calor y frío. Era como varias mujeres espléndidas en una sola. Jugaba tal cual una niña, con imaginación, creatividad y sin importarle nada lo que dirían, pero cuando me sentaba a hablar con ella, brotaba intelecto, compasión, sabiduría, respeto, empatía. ¡Qué maravilla de mujer!

Enamorarme de ella fue fácil. Con zapatos deportivos, con tacones altos. Ángel y diabla. Dulce y salada. Delicadamente guapa. A los cinco minutos de conversación, ya me sentía seguro a su lado, había confidencialidad y me escuchaba realmente interesada. Podía contarle lo que nunca había contado ni a mi propia sombra, ni a mi almohada, ni siquiera lo había querido pronunciar en voz alta. Es que ella era diferente, te lo repito, era perfecta.

Ella se ríe por cualquier tontería, llora sin razón, o al menos sin razones aparentes para mi entendimiento, ama a rabiar, se enfada con motivo, está llena de sorpresas. Quiero que sea quien desordene mi cama, es la mujer perfecta.

MEDIA NARANJA

Dicen que las almas gemelas existen, y esta historia lo corrobora. Tenían las mismas inquietudes y diferentes maneras de aportar soluciones, funcionaban como dos piezas de un engranaje.

Vivían dentro de una lámpara mágica, sin disturbios, perturbaciones ni sacudidas. Y cuando uno de los dos necesitaba batería porque se estaba apagando un poco, el otro se encargaba de frotar la lámpara y con un breve encantamiento se encontraba la salida al atasco.

Eran un equipo ideal. Él tenía ojos marrones café, tez morena y piernas delgadas. Trabajaba día y noche, noche y día, le gustaba ver televisión al llegar a casa, pero más aún le encantaba pasar días de paseo con sus amistades y familia. Enemigo de la soledad, fanático de la música. Ella tenía poderosas curvas, cabello largo y lacio, risa frágil y una hermosa piel con vitíligo. Toda una nómada de la vida, refugiada en su espiritualidad sin aferrarse a espacios. Admiradora de los animales y adversaria de la política.

Se amaban como solo saben hacer los que previamente se han roto por amor. No hacía falta cohete para llevarlos a la luna, porque se sentían flotando en el espacio al tenerse el uno al otro. Cada año, él le cantaba suavecito al oído una serenata el día de su aniversario, y ella usaba una gerbera amarilla en la oreja porque así estaba el día en que se conocieron. Ella no sabía nada de repostería, pero cada 16 de abril le preparaba a su amado su tarta preferida, con vainilla, melocotones y chocolate blanco. Él nunca dejó de abrirle la puerta en cada lugar al que entraban, o salían. Ella arreglaba su solapa cada mañana.

Tal para cual, llenos de gestos. Sí discutían, sí, de vez en cuando. Pasaron por tempestades, sobrevolando muy por encima de la tormenta. Se secaban las lágrimas el uno al otro, se contaban chistes, y se enseñaron mutuamente a esquivar golpes. Se dieron la mano, caminaban juntos, se apoyaban en sus sueños, se cuidaban cuando la enfermedad tocaba la puerta.

A veces, sin hablar, se entendían. Claro que esporádicamente en vez de palabras escupían veneno y lanzaban gritos a diestra y siniestra como si eso no doliera, por momentos les cambiaba el mundo, no hacían caso a la luz. Pero para ese equipo no había derrota alguna que los venciera totalmente, siempre encontraban la manera de superar obstáculos y encontrar soluciones, como cazadores de un tesoro perdido que no dejan de intentarlo hasta dar con el punto exacto del mapa.

Ella cada día lo miraba como su eterna fan enamorada; él nunca dejó de besarle la mano. Sé que existe el amor verdadero, ellos eran la pareja perfecta. Lo sé con tanta certeza porque día a día presencié su amor, con orgullo. Ellos eran mis padres.

ABRAZOS

Hay abrazos que dejan huellas, no cicatrices. Que con uno solo basta para poder reproducirlo en tu memoria. Hay abrazos que marcan, que duelen, que no son de finales felices.

A veces sabes que ese será el último abrazo, por eso lo das fuerte, muy fuerte, como si eso hiciera que durara más en el tiempo. Hay abrazos que no quieres soltar, que no quieres dejar ir, que no deseas que se conviertan en un simple recuerdo. De vez en cuando te llevas una grata sorpresa, porque repites un abrazo que creíste que jamás volvería, lo cual lo hace mucho más intenso, como un sueño cumplido.

Muchos son dados con cautela, incluso con pena, y se quedan a medias, dejándote arrepentido. Unos aprietan, ahogan, asfixian, aunque no parezca, no quieren ser recibidos. Existen abrazos de todo tipo, de fin de año, de desconocidos, de amor, de amistad, de pasión, de apoyo, que te invitan a colocar tu cabeza en el hombro de quien te abraza. De duelos, de hermanos. Hay abrazos que protegen, que cuidan y te hacen sentir seguro. Abrazos de reencuentros. De primera vez. Y abrazos de orgullo.

Un mismo abrazo puede tener distinto sentir para cada uno de los involucrados, abrazos de dos, abrazos grupales. Algunos dan calor, otros se dan bailando, y unos de estilo sorpresa que no son esperados. Unos abrazos hablan, y le susurran a la mano que haga un viaje por la espalda hasta llegar a la cintura. Yo aprendí de abrazos, sé cuándo es real, y siento tu cariño cuando te abrazo en la distancia con locura.

AQUÍ ME QUEDO

Cuando la vi usando mi franela como si fuera su pijama, creí que me estaba volviendo loco. Cubría todo su trasero como una falda holgada dejando espacio a la imaginación. El mundo se me volteó desde el primer día en que esa mujer llegó a mi vida. Verla ahí, en mi cocina, sirviéndose un café en mi taza, sintiéndose tan cómoda, me hizo apreciar escalofríos en el cuerpo y supe que era para mí. No podía dejarla escapar. Le hice una foto mental porque no quise que ese momento se perdiera de mi memoria. Era reconfortante estar en su compañía.

Al percatarse de que la miraba, sonrió mientras dio unos pasos para acercarse a mí, dejándome más derretido. Solo pude decirle:

—Yo con tanto fuego y tú pasando frío. Ven que te caliento.

Su dulce mirada se transformó en picardía y quiso quitarme la ropa.

—¿A dónde vas tan deprisa? —pregunté tomando sus manos—. Esto hay que disfrutarlo.

Se siente tan bien esta conexión, como los rayos del sol cuando calientan un nido. La tomé entre mis brazos y la senté en el mueble azul de la sala, que, justamente sobre su respaldo, tenía una ventana que daba a la calle. Se oían los carros pasar y esa adrenalina me excitaba más. Se recoge el cabello con una goma que tenía en la muñeca, lo cual la hace ver misteriosa, enigmática y elegante. Sus ojos se clavan en mi deseo con picardía. Me coloco sobre ella quitándome la franela lentamente y empiezo a besar su cuello, su mano derecha reposa en mi nalga mientras los dedos de la izquierda caminan por mi costado haciéndome flotar en el cielo. Me tomo el tiempo para desnudarla y antes de lanzar sus bragas al suelo las huelo, provocando en ella un suave y sexi siseo.

La observo detenidamente, tan hermosa que el lenguaje es ineficaz para expresar su belleza, no puede describirse con simples palabras. Soy un simple mortal al lado de esa majestuosa diosa que me causa miedo porque me hace mezclar lujuria con amor. Frotando nuestros cuerpos nos comemos a besos, me da hambre de su piel, siento su humedad y la penetro, me electrizan sus uñas clavándose en mi espalda. Cierro mis ojos y, aun así, puedo ver la luz, se escapa el tiempo por la ventana. Entre movimientos circulares sincronizados y gemidos desvergonzadamente sensuales, llegamos al clímax. Nos amamos como si ambos nos fuéramos a morir al día siguiente. Esa descarga placentera acelera mi respiración, mientras ella me trae a la calma dibujando corazones en mi piel. Sé que estoy perdido, a punto de naufragar entre sus mares para siempre, hidratándome exclusivamente con su lengua. Conquisté su cuerpo y ella colonizó mi corazón. No salí ileso de su encanto.

Aquí me quedo. Perdido en su cuerpo. Enamorado de su alma.

DE TU MANO

Me rehúso fervientemente a soltarte la mano. Estoy decidido a robarle al amor para apropiarme de su más hermosa princesa, porque ahora que te tengo no pienso dejarte ir. No como premio ni trofeo, sino como compañía. Reservé mesa para dos en ese discreto restaurante para pedirte que fueras mi acompañante, y desde ese entonces en adelante te has encargado de hacerme feliz. Mi intención es secuestrar tus sentimientos, así como tú has hecho con los míos, y te prometo que, pase lo que pase, estoy dispuesto a caminar por siempre a tu lado.

Me quedo aquí para que me hagas sentir sublime, como solo tú lo sabes hacer. Fundidos en la cercanía de nuestros cuerpos, como dos enamorados que solo saben hablar de amor, ahí permanecemos. Y como dos cobardes que conversan sobre el miedo. Tormentas fuera, tormentas dentro.

Así funciona el corazón, como un dictador, un tirano. Su mandato ha sido permanecer enjaulado en tu aroma, y bien sabemos que en estos asuntos no se puede cambiar de opinión. Eres dueña de mi tiempo y de mi espacio, la jefa de mi sentir. Quiero despegar contigo, disfrutar mientras el mundo gira en piloto automático, aterrizar en las nubes y que nunca se acabe el viaje. Intentaré todo lo que me pidas para mantener ese hilo que nos une, y creo con cada molécula de mi ser que tenemos nuestro destino trazado.

Desde el momento en que te detuviste a mirarme, a escucharme, a hablarme, nació deprisa esta química. Yo me sentía como un cofre vacío, me temía a mí mismo, quería escapar y no sabía de qué exactamente, hasta que llegaste y te bautizaste en mi mayor aventura. Con tus encantos y tus trampas. Te elijo a ti para andar agarrados de manos. Siempre tan erótica, incluso sin pretender serlo, tan salvaje y natural. Tan impaciente y volátil pero sabia en tu pensar.

Porque rompes con todos los esquemas, eres tú quien me empotra, atravesándome el alma y dejando mis ojos en blanco. Eres mi sobrecarga de éxtasis. Agradezco tanto que estés en mi vida, encajamos perfectamente porque eres movimiento, y a mí no me gusta permanecer estático. Prometo caminar contigo hasta los confines del planeta, a donde tú pidas, y más allá. Juro que no te voy a soltar. No sé cómo lo hiciste, pero me enamoré en un minuto, y amor es amor, dure lo que dure. Irradias nobleza que nació de un alma quebrada, me revolucionas, me elevas, me encantas.

Quiero homenajear tu existencia y seguir escribiendo historias, capítulo a capítulo, marcando tu cuello con palabras de amor. Estoy hecho a tu medida, destinado a amanecer a tu lado, y prometo seguir haciéndote sentir esas sensaciones que no se tienen con cualquiera, porque eres mi reina, mi dama, mi hogar.

A TU ANTOJO

Te presté mi corazón, espero que no te sientas nunca en la necesidad de devolvérmelo, úsalo a tu antojo. Contigo descubrí que las conexiones se dan cuando no se buscan, cuando no se fuerzan. Aprendí a ser un poco más como las mascotas, que quizá no entienden de palabras, pero sí de caricias. Me hiciste navegar en un mar de agua dulce, con olas suaves que mecen con calidez. Contigo he aprendido a dejar el pasado en el pasado, donde pertenece.

Empezó como un sentimiento y creció hasta ser una realidad. Nadie me había hecho sentir como tú. No sé cómo sucedió, pero llévame contigo a donde sea. No pienso con claridad si te tengo enfrente, porque cada centímetro de tu piel me hace volar. Fuiste la cura, fuiste el dolor. Y lo sigues siendo todo, mi amor. Me haces hablar del pasado, porque me siento en la necesidad de recordarte los motivos por los que hoy continúo contigo.

Sigo tu tiempo, tu ritmo, como hijo que sigue con lealtad los pasos del padre. Eres para mí simbología, te siento en el sol, te veo en el color azul, te leo en las frases, te huelo en el aire, apareces siempre. Inesperadamente... Conocí lo bonito de tu corazón, lo sublime, lo dulce, lo herido, lo que nadie más conoce. Si pudiera hacerme amiga de tus monstruos, lo haría, para conversar con ellos y pedirles por favor que nos dejen ser felices. Te prometo que mientras dure este amor, te llevarás lo mejor de mí.

No sé si alguien más en este mundo ama tanto como yo, o si existen más personas tan asombrosas como tú. Me haces sentir que poseo la vida entre mis dedos, como si fuese indetenible, te convertiste en un amor de cuatro estaciones que se renueva cada año.

Bésame como el colibrí a la flor, pero a cámara lenta, no pares nunca. Sigue enseñándome sobre coches, deportes, música, teatro, informática, política, porque lo que salga de ti llama mi atención. Permaneceré tocando tu hombro cuando algo falle y te daré las palmaditas en el alma para que nunca desmayes. Que un portarretrato con nuestra foto duerma siempre en el recibidor, y si debo cambiar la foto, que sea solo por una más actualizada. Que tu olor permanezca en mis sábanas y tu cepillo dental en el baño. Recuerda que te presté mi corazón, úsalo a tu antojo.

ATRAPADO

Amar a alguien como yo te amo. Estoy segura de que si todos tuvieran la oportunidad de sentirse así en algún momento de sus vidas, el mundo sería diferente. Sería menos duro, menos cruel. Porque este amor hace que la vida fluya sin tropiezo. ¿Sabes? Como esos días en que todo sale bien desde que te despiertas en la mañana hasta que te vas a la cama en la noche, de buen ánimo todo el rato, saliendo excelente cada tarea, sintiéndote poderoso e incluso más guapo de lo normal.

Entiendo que al principio las relaciones pasan por un enamoramiento que se asemeja a una luna de miel eterna, que a medida que los días y meses avanzan empieza a haber giros inesperados, el temido monstruo denominado rutina aparece y al amor va cambiando de energía. Por eso acepto esta etapa a tu lado con tanto agradecimiento, porque, aunque pasen tormentas y huracanes, tú sigues siendo mi mejor momento. El que me marcó. Sí, todo es perfecto, el ritmo que está sonando, la temperatura que invade mi cuerpo, el café, y nosotros. Porque digan lo que digan, tenemos químicas perfectamente compatibles.

Anhelo que estés siempre, y cuando te vayas sé que querré un ratico más contigo, es que te agarré gusto, como al picante. Me gustas. Me entrego para ser tu casa, te ofrezco mi corazón en bandeja de plata para que sea tu hogar, y mi abrazo siempre dispuesto. Me desnudo para ti, dejando mi piel al aire y mi alma visible. Porque eres como el agua, entrando en mi cabeza cubriéndolo todo, inundándome con tu esencia tan potente. Deseo verte en plenitud y brillando como todo un triunfador, llegando a la meta rebosando en orgullo. Aunque admito que muchas veces me contagio de subjetividad, lo cual no me permite ver el panorama con total claridad. El detalle está en que debo actuar con rapidez y comparar nuestra relación con surfear, que, si no me monto en la ola a tiempo, la pierdo, lujo que no me puedo dar, lo que me impulsa a saltar entre tus brazos sin pensarlo.

Contigo no hacen falta palabras para entendernos, porque vibramos en la misma sintonía. Cada instante ha sido mágico y tengo el poder de sentirte cerca, aun estando lejos. La realidad es que existen capítulos que son imposibles de escribir en soledad, yo necesito de ti para plasmar arte en esa hoja en blanco que una vez fue mi corazón. Con tu forma de ser, con tu manera de amar, me enamoraste y atrapado te quedaste. En mi mente, en mi piel, en mis sueños. Eres mi gran maestro. Te encierro con llave dentro de mi cuerpo porque no pienso soltarte. Te quiero, y atrapado te quedas.

TUS ENSEÑANZAS

Sintiendo la madera de mi guitarra debajo de mis manos, mis dedos descansan y voy repasando en mi mente esta divina canción que acabo de componer en tu honor, me pillo a mí misma sonriente, porque he logrado de alguna manera rendirte tributo. Vuelo sin darme cuenta, aterrizando en ese primer encuentro; cuando vi cómo caía un papel de tu bolsillo, direccionado por el viento, intenté avisarte dando unos educados gritos, pero tú, distraído con tus audífonos, seguías caminando mientras tocabas una batería invisible en el aire; doy unos pasos, recojo el papel y lo leo, llevabas la lista de la compra y resaltó enseguida una frase en mayúscula que decía: «NO OLVIDAR EL AGUA». Esta nota salvó mi vida porque se transformó en la excusa perfecta para poder hablarte. Seguí tus pasos, te entregué el arrugado papel, nuestras miradas se cruzaron y, así, nací de nuevo.

Ha pasado un tiempo y ahora sé que hay quienes en definitiva llegan a nuestro camino para convertirse en ejemplo. Tú te ganaste ese título con distinción summa cum laude, porque comprendí hasta lo intangible e inexplicable de cada situación, causa de tu dedicación y esmero para hacerme entender.

Tantas horas y años de estudio no pueden competir con tus lecciones de vida. Aprendí a vestir con palabras lo que viniste a enseñarme, porque eliminaste los signos de interrogación en mi historia, llenándome de seguridad y confianza. Desde tus primeras oraciones al hablarme, me hiciste despegar a una dimensión que yo desconocía, que residía dentro de este mismo globo terráqueo; ese universo paralelo en donde yo era capaz y poderosa. Parecía que me mirabas con prismáticos, penetrando en mis pensamientos como quien abre una puerta, aprendí a hablar con los ojos para nunca más estar en silencio.

Me enseñaste a reconocer a la «persona» que hay en mí. Que no solo debo sostener a la familia, a la madre, a la profesional, a la pareja, sino que lo que en verdad importa es saberme sostener a mí misma, la mujer. Tu llegada me distorsionó la razón y me amplió la emoción. Jamás me habían enseñado tanta sabiduría, nunca mi música había sido tan creativa, no me había percatado de que mis sentidos eran tan sensibles, hasta el día de mi encuentro con tu boca sabor a miel, que me ilustró con canciones, letras, colores, movimiento, y me mostró posibilidades que yo creía inexistentes. Me desencajaste de mi centro para poder ver más allá de lo que veían mis ojos. Buscaste un espejo para reflejar mi potencial, mostrándome tus propios talentos. Me emparejaste con tus valores y me hiciste enamorarme de tus palabras, que expresaban lo que yo tenía escondido en un baúl con llave, me guiaste como un chamán para encontrar en mí lo que no sabía que había perdido. Con el poder oculto que escondías bajo tu manga, me empujaste a conocerme. Eres mi maestro, que con tu complicidad y afecto sabes erizar cada centímetro de mi piel, que, con tu elocuencia, me convences de que soy merecedora de todo. Revolucionaste mi vida.

Y quiero culminar mi agradecimiento con puntos suspensivos para que lo nuestro nunca acabe...

QUIERO SER

Yo quiero ser esa persona que te dice «te quiero», y te prometo hacerlo en todos los idiomas. Esa que para expresar que te ama no necesite palabras y que te baste con mi mirada. Quiero que nuestro sueño sea eterno. Quiero tu cuerpo entero porque estoy diagnosticada como una adicta a tu aroma, planeo dejarme la piel por ti. El reloj se paró en ese beso que me diste, y nunca más pude dejar de pensarte. Quiero ser caricias suaves y abrazos con ternura.

Me hiciste clic en el corazón, ¿qué le digo si no te tengo? No pienso hacerlo mal, por eso quiero ser para ti ese suspiro sincero, esa hamaca en la montaña, ese amanecer con el canto de los pájaros. Quiero dejar el miedo, pasar de todo lo que estorbe, ser valiente, quiero tatuarme un fragmento de tu alma en el vientre. Ser las olas que revientan a la orilla de la playa, que vienen y van, incesantes, imparables, indetenibles, para demostrarte que nunca me rendiré contigo. Porque veo en ti algo que va más allá de la hermosura, eres comparable con la belleza de un sol brillante, que pinta el mar azul con tonos amarillos y naranjas.

Quiero contemplar la tarde caer sentada a tu lado, mientras nos regala su último rayo de luz del día. Y que en ese cielo amplio y majestuoso que da espacio a aves, nubes, aviones y estrellas viva también la inmensidad de nuestro amor. Un amor interminable, que no muere. Quiero ser tu acompañante de aventuras, tu despertar y ese primer café de la mañana, tu voz y tu silencio. Quiero regalarte lo que vibra en mí. Dos corazones, un solo latido. Quiero sentir por siempre esta locura tan sana.

Quiero ser tu amiga confidente, tu amante carnal, tu hombro para apoyarte, tu caja fuerte. Quiero ser tu palabra serena, tu compañía, tu deseo ardiente, la que disipa tus dudas, tu canción preferida, tu verbo amar conjugado en todos los tiempos. Esa luz que ilumina el camino, incluso en los rincones más oscuros, la chispa y la energía de tus sueños y metas. Quiero ser tus sonrisas y también tus lágrimas perdidas, tus días y tus noches. Tu suerte y tus apuestas. Tus decisiones y tus riesgos. Ese trago que te hace olvidar los problemas por un momento.

Quiero estar ahí para ti, y que tú me elijas. Quiero ser tuya, por siempre tuya, que me llames «mía».

FANTASÍA

Me fijo por un breve instante en mi jefe, alto, moreno, elegante, con su anillo de graduación en una mano, y el de casado en otra. De pie frente a nosotros dando su discurso motivacional de la semana para apremiarnos a aumentar las ventas, pero sigue sin darse cuenta de que esta charla, los días viernes a última hora de la tarde, no es una muy buena estrategia de marketing. Estoy cansada, quiero ir a casa, y estoy segura de no ser la única que piensa de esa manera. Mis compañeros tienen cara de pocos amigos. Sé que tengo tiempo mientras el superior al mando continúa con su discurso, así que vuelvo a iniciar el viaje en mi mente, consciente de que estoy fantaseando cuando debería estar en la tierra.

Regreso a ese encuentro. Ese choque de energías que hicieron estallar mi mundo como el Big Bang, llevando mi cuerpo al punto inicial de instinto carnal puro. Esa primera vez sintiéndote, que se convirtió en centenares de primeras veces. Cada vez mejor que la anterior, como si te descubriera nuevamente. Me adentro en este mundo de sensaciones efímeras, etéreas.

Por mi cuerpo transita un corrientazo que me hace estremecer. Me acomodo en mi asiento fingiendo que presto atención, observo que la boca de aquel conferencista se mueve, pero no escucho sonido alguno. Estoy atrapada en mi mente, en tus ojos tiernos, en todo tu ser. Inicia el recorrido. Ya pasé por todo el juego previo de excitación y reconocimiento, me encuentro piel con piel, sudor con sudor. Pieles que se funden como una, debido al suave roce que se convierte en ardiente fricción. Navegando en tu ombligo hasta arribar en tu vientre ferviente. Me quedo anclada a tus caderas y de ahí no me mueve nada ni nadie. Me descontrolo con tus gemidos casi imperceptibles, que me hacen besarte los pies, los muslos, las nalgas, el abdomen, los brazos, las manos, el cuello. La carne. Todo. Te deseo todo. Devorarte entero. Mis dedos se hunden en tus cabellos y mi corazón se aferra al tuyo, que late a máxima velocidad.

Compartiendo nuestros alientos, puedo volver a respirar en serenidad. La calma después de un momento de éxtasis me permite jugar con tu orgasmo para extenderlo un poco más. Iniciamos un juego intercambiando saliva. Mi lengua saborea tu labio inferior, y tu boca me hace una jugada para succionarla. Nos comemos la boca y algo más. Parecías grotesco, pero en realidad te defino como sutil, tu delicada manera de dar con el punto exacto me llevó al lugar más peligroso, el de enamorarse. Mi dueño y mi esclavo al mismo tiempo. Te abalanzas sobre mi cuerpo, con movimientos circulares y lentos, tu pelvis se menea entre mis piernas, sentirte dentro de mí despierta mis ángeles y demonios, entendiendo que puedo ser puta y santa a la vez. Una guarra decente. La humedad se adueña de mí, mientras sé que estás sumergido en el ritmo del placer, en completa armonía. Somos dos salvajes que se aman y yo no puedo sentirme más honrada de haber usado tus sábanas como vestido de gala.

Me mueves todo, la vida y los sentimientos, siento orgasmos en mi cuerpo y en mi alma, mi corazón precisa de un cardiólogo y mis piernas no quieren funcionar. Me llevas al límite. Hago un esfuerzo por salir de la fantasía, para entender lo que mis oídos escuchan a lo lejos, oigo voces. ¡Hey! ¡Hey! ¡Martina! Abro los ojos y me percato de que todos estaban mirándome, mi jefe tiene expresión de perplejidad y percibo unas sonrisas burlonas de un par de chicas. El tipo del departamento de publicidad me mira con deseo. Me doy cuenta de que tengo el cuello sudado y que se me marcan los pezones en la seda de mi blusa. Me reincorporo con velocidad en mi silla y a continuación, con vergüenza por dentro pero muy segura por fuera, digo:

—¿Damos por finalizada la reunión? Debo irme.

Ya a solas no puedo decidirme entre llorar o reírme, por eso decido llamarte, para que me regales otro encuentro y conviertas mi imaginación en realidad.

Quebrarse

QUEBRARSE

Quebrarse te muestra tu fragilidad mientras te acerca a tu fortaleza. Quebrarse te hace aislarte para tener que repararte, que recuperarte. Podemos ir partiéndonos poco a poco, como una grieta en un cristal que cada día se va alargando hasta reventar. Pareciera que dicho vidrio sigue funcionando, pero en realidad está dividido hasta llegar a un punto de no retorno para, finalmente, quebrarse.

O podemos quebrarnos de un solo golpe, sin previo aviso, estallando y dejando todo vuelto un desastre. Nos podemos romper de noche, en soledad, justo después de un largo día de risas fingidas. Tendemos a verlo como algo malo, pero partirse está permitido, es necesario, de hecho, es normal. Te lo aseguro, porque, aunque me esté pasando, sigo viva.

Me dan ganas de comprarme un perro que me haga compañía, que sea guardián de mis miedos, el detalle está en que nadie puede frenar los torbellinos de la cabeza, nadie más que el propio dueño de esos pensamientos. Es como enfrentarse a una página en blanco. Como estar atrapado en un edificio en llamas, sin salida de emergencia. Como revivir segundo a segundo, una y otra vez, la misma pesadilla.

El repartidor de comida rápida se convirtió en el único ser humano que vi durante un tiempo, porque fracturarse hace que no quieras salir de casa, ni siquiera del sofá. Ese sofá en el que tú y yo nos abrazamos en algún momento.

Es que desde que esta relación llegó a su fin, que aún no entiendo ni siquiera el porqué, me parece el apocalipsis. Solo hay destrucción, un ruidoso silencio. Verdaderamente, ha sido una etapa de crisis.

Quebrarse es extrañarte como yo lo hago, pensando en tu voz. Tu voz que me canta, tu voz que me calma. Tu voz que era mi cura. Ahora estoy enferma de amor, hecha trozos, hecha pedazos. Buscando la manera de volver a pegar mis partes. Sanar y darle paso al perdón. Aunque en el fondo sé que, para que eso suceda, debo darle paso primero al dolor.

Mi memoria se fue contigo, mi corazón se cayó a un abismo, mi razón perdió la cordura, mis labios ya no quieren besar. Y yo no sé hacer remiendos para repararme y volver a confiar. Lo que una vez fue jardín, hoy está tan contaminado que no sirve ni para abono.

Quebrarse agota. Anteriormente, ya me había vuelto añicos, pero jamás me había dolido como me duele contigo.

Fuiste especial, y por eso amarte me hizo quebrarme.

AL BORDE DE TUS PELIGROS

Después de tanto como hemos vivido juntos, desapareces pidiendo un tiempo, poniendo punto y aparte. Eres un ladrón y me has dejado vacía. Te llevaste todo en tu maleta. Mi risa, mi ilusión, mi esperanza en el amor. He estado divagando, no logro pensar ajustándome a un tema concreto, porque me desordenaste la mente que ahora se mueve de manera ilógica. Perdida. Perdida mi esencia, perdida mi calma. Perdida mi fe.

Transitando por un camino empedrado, que tiene mis pies descalzos adoloridos por andar sin rumbo. Escalé a la montaña más alta para luego sentir un hueco en el estómago, debido a este empujón al vacío, cuando me aventaste por la espalda. Me lanzaste con todas tus fuerzas. Caí tanta distancia que pasé a advertir una sensación de ahogo, y solo pude esperar el golpe. Estuve en las alturas e inmediatamente en un pozo hondo. Por haber andado todo este tiempo al borde de tus peligros.

Me tomo una pausa para enfocarme en respirar, algo que antes era automático se ha dificultado por las lágrimas que cubren mis ojos y calientan mis mejillas. Soy consciente de que borrarte de mis recuerdos no será cosa sencilla. Cruzo mis piernas, me quito la alianza matrimonial de oro reluciente que ha dejado marca en mi dedo. Permanezco inmóvil, niego con la cabeza, despego mis labios y le doy una fumada a mi cigarrillo.

Me fuiste acercando al abismo poco a poco. Tus negocios, tus jugadas sucias, tus secretos, tus caricias. Hiciste uso de tus cualidades egocéntricas para convertirte en mi centro, jugaste vilmente con mi ingenuidad, me engañaste jurándome un falso amor, hasta que lograste con éxito tu cometido: pisotearme para usarme de escalera, avanzar gracias a mis palabras. Llegar a la cima usando mi energía, mientras yo cargaba con tus cargas creyendo que éramos un equipo.

Drogas, prostitución, narcotráfico, trata de personas, violaciones, asesinatos. Y tú. El rey de los peligros. Impulsivo, manipulador, ofensivo, irresponsable, controlador, mentiroso y, especialmente, tremendo actor. Me hiciste creer que me amabas, garantizaste un futuro juntos, con bases sólidas y sinceridad. Hoy sé que todo fue falso, lo que más me duele son estos años que me mantuve a tu lado.

Me toca escribir un nuevo capítulo, recoger mis pedacitos esparcidos por el suelo y reconstruir una nueva yo. Sí, con un pasado oscuro que la quebró, pero que la impulsó a salir adelante. Espero que te pudras en soledad mientras yo triunfo. Mírame crecer, que yo te veré caer. No te doy ningún tiempo. Coloco punto final.

QUERIDO LECTOR:

Todos hemos hablado de nuestros amores, pero muchos ocultamos lo que duele. Amores prohibidos, amores que no pueden ser, amores que nos fallan. Si alguna vez tuviste una relación que te haya quebrado, tan solo un poco, es momento de que drenes. Recuerda que este libro es un diario, de distintos personajes, diferentes historias, pero no estaría completo sin la versión más importante. La tuya.

Así que escribe aquí lo que tengas que decir:

TE DESCUBRÍ

Carta de Mía a Gil

¿Sabes? No me hace falta perseguirte para saber que me ocultas algo. Huelo tus mentiras desde lejos, y hace tiempo que sabes diferente. Te tiembla el pulso cuando me acerco y no sabes fingir. Sé que te ves con otra, con la cucaracha esa. Lo sé todo, no me preguntes cómo, pero soy más ágil que un detective privado. Y calladita fui uniendo piezas hasta que apareció frente a mí el rompecabezas. Ahora bien, escupe lo que tengas que decir y prepárate para recibir todo mi veneno.

Caíste en su trampa, en su red. Ella, una araña ponzoñosa, y tú, una mosca asquerosa. ¿Hablaste con ella hoy? ¿Le dijiste que anoche tuviste sexo conmigo? ¿Que me besaste y que acabaste no una, sino dos veces? A mí no me uses, creías que me engañabas, pero tú eres el estúpido que se dejó falsear. No sueñes que va a renunciar a su perfecta vida color rosa por ti, porque lo sé todo de ella. No dejará a su esposo, porque ella pinta para el mundo un matrimonio admirable mientras a ti te esconde, así como tú haces con ella.

¿De qué buscas escapar en esta relación? Afronta como un verdadero hombre y no busques excusas como un cobarde que se autosabotea. Tienes que aceptar que yo te he dado todo, te he dado los mejores años de mi vida, eres un egoísta. Estuve cuando nadie más lo hizo, en todos estos años no te he dado la espalda, te he apoyado, te he ayudado, te he salvado. Sacrifiqué mi carrera por ti, me alejé de mi familia para hacer alianza con la tuya. ¿En dónde estarías sin mí? Si me dejas, te quedarás solo, porque ella no estará. Admite que querías ser descubierto, me dejaste las señales y las pistas como migajas de pan, no es necesario ser un experto para leer tu culpa. Tu culpa, sí. Porque no se te ocurra culparme a mí de esto. Eso que hablan de que las relaciones son de dos y cada uno carga con una parte de responsabilidad, eso es blasfemia, mentira, porque fuiste tú quien salió con ella mientras yo creía que trabajabas hasta tarde. Yo solo soy tu víctima asesinada.

Te actualizo en las noticias para que sepas que yo la confronté, fue una total gallina sin valor. No dio argumento alguno, solo se burló de mí porque se reía en mi cara. Es que honestamente, ¿tú crees que eres el único noviecito? ¿Crees que es cierto que te ama y que se preocupa por ti? No seas iluso, por favor. Esa acepta cualquier invitación, y a todos con el mismo discurso. Sinvergüenza. Que tiene al pobre marido confiando en ella. Pues que no lo haga, porque es una falsa. Tan falsa como un político que promete y promete. Piensa bien porque serías un torpe si me cambias por ella, conmigo estás cómodo. Ya me conoces, ya me tienes. No me sueltes.

TE EXTRAÑO

Extraño tus ojos oscuros, tu mirada profunda, la manera potente en que me leías el alma y me desnudabas los miedos. Extraño tu risa, tus cosquillas al corazón, cuando disipabas mis dudas, acariciarte la espalda. Me gusta extrañarte y seguiré soñándote. Que seas mi primer pensamiento al despertar, y el personaje principal de mis oraciones cuando me voy a acostar. No me duele añorarte, más bien te deseo bien porque contigo aprendí a amar. Y aunque digan que quien no te busca es porque no vale la pena, yo respeto tu partida porque sé que sin mí es como mejor podrás estar. Yo te bajaría las estrellas si tuviera la escalera, pero tu corazón sonríe más cuando la miras a ella, lo tengo que aceptar.

Extraño las lunas y los soles a tu lado. Extraño tu playlist, tus emoticonos y hasta tu cara de bravo. Te extraño cada día, a pesar del tiempo que ha pasado. Quiero que sepas que no me voy a olvidar de ti, porque no quiero. Te recuerdo, y te extraño.

CELOS

Estos celos me matan, lentamente. Detesto ese viento que eriza tu piel sin mi consentimiento. Y me cae mal ese abrigo que te protege porque quiero ser yo quien te abrace el alma, quien te acompañe, tendría que ser yo quien te acaricie por las noches desde la nuca a lo bajo de tu espalda y quien prepare tu café de la mañana. Qué envidia me da saber que no seré yo a quien busques cuando estés triste, para compartir tus sueños e ideas repentinas, me escuece el hecho de no poder verte y reírme cuando estés despeinado, ni felicitarte cuando te sientas valiente. Celos sin razón, por no estar a tu lado para vivir siempre enamorada, besar tus suaves labios, hacerte cosquillas con mi aliento detrás de tus orejas. Pido a los dioses que me concedan el poder de alejar a tus demonios, y así cuidarte cuando estés enfermo, darle compañía a tu soledad y curarte si sientes que hace falta. Tú me llevas al borde de la locura, al límite, al extremo, especialmente si no te tengo. Me da celos que tus ojos se deleiten con otra piel desnuda bajo el brillo de la luna, que no sea de mis chistes de los que te ríes. Desgraciado Cupido con su mala puntería. Quiero ser yo quien vuele a tu lado y ver mis ojos reflejados en los tuyos. Me arde el estómago al pensarte en otra cama, gemir en mi ausencia. No me calma saber que estés en buenas manos, porque no son las mías las que te protegen. Eres mi manicomio, solo en ti, poseía cordura, ahora mi locura es la que fluye. Qué jodido es saber que amas a alguien más, cuando yo sigo aquí, derritiéndome por ti. Celándote de los ojos que te ven, de los brazos que te sostienen, de la voz que te canta. No tengo más opción que callar, aguantar y revolcarme en mi propio sentimiento.

HE CAMBIADO

Ha pasado tanto tiempo sin verte que ya perdí la cuenta. Jamás pensé que ese sería el último día en que mis ojos te verían. De haberlo sabido, quizá habría sido diferente, aún te estaría abrazando con miedo a soltarte y dejarte en el pasado. Nunca nos percatamos de que podría ser la «última vez», tal vez tú sí, no lo sé. Si me vieras por una mirilla, te darías cuenta de que parezco otra, soy diferente. Sí conservo un poco mi estilo, claro, pero el hambre de conocimiento y las ganas de comerme al mundo me hicieron correr y acelerar; he envejecido, tengo arrugas en el alma y en el cuerpo.

No soy la misma de antes, he cambiado, y me gustaría pensar que para mejor. Ya no lloro en todas las películas, ahora bebo café y no como carne, pero sí ensaladas, ya no escupo todo lo que pienso, he aprendido a ser un poco más callada. Observo, analizo. Me he acostumbrado al frío. Tengo tres gatos, me dejé llevar por la rutina, aprendí otro idioma, me teñí el cabello y ya no pronuncio tu nombre.

Sé que dejaste de dolerme el día en que sonó nuestra canción en la radio y, en lugar de una lágrima, se asomó una sonrisa. Aunque para serte sincera, aún no entiendo por qué nos soltamos.

SE NOS ACABÓ EL AMOR

Se nos acabó el frasco donde guardábamos el amor, se agotó la pócima de magia. O quizá aún sigue el cariño, pero no es nuestro momento. Mejor será tomar distintos caminos. Estamos destinados a ser dos entes separados. Dime, ¿qué piensas cuando aparezco en tus recuerdos? Yo sentía dolor, un dolor agudo y punzante en todo el cuerpo. Pero ya eso quedó en el pasado porque comprendí lo que tenía que aprender de tu presencia. Y mis palabras son para darte las gracias por tantos momentos. Me enseñaste a no tener errores ni horrores ortográficos, a ser disciplinada, a mirar la vida desde otro punto de vista. Aprendí que cocinar puede llegar a ser tan divertido como comer, que doy masajes como toda una profesional y que los besos, aunque sean de la misma boca, tienen sabores distintos, porque a veces me sabías a esperanza, a lujuria y a un futuro juntos, pero otras veces, a lágrimas saladas y despedidas. Me enseñaste a bailar, pero ahora solo sé seguir tus pasos.

No logro entender qué nos pasó. Ayer nos amábamos, hoy parece que nos odiamos. He tratado de llegar a ti hablando con la luna para decirte que aún te admiro, pero sé que el mensaje no te ha llegado. Solo estoy segura de que nadie te querrá como yo. Pueden quererte mejor, con más pasión y hasta más bonito. Pero nadie como yo.

Me faltó tiempo para mostrarte mis dibujos, para decirte cuál es mi taza favorita, contarte mis secretos, susurrarte que te quiero. Pero íbamos tan deprisa que, en lugar de ir dándonos amor gota a gota, nos bebimos todo rápidamente en contadas noches de pasión. Planificamos una vida juntos y lo celebramos con nuestros amigos, pero, como dije en un principio, se nos agotó el amor, se nos acabó la magia. Y supongo que no es algo que podamos ir a comprar en el abasto.

Me enseñaste poesía, me enseñaste melodías, me regalaste pulseras que combinaban con tu vida. Bebí de tu veneno y me curé con tu elixir. Pero un día tú exigiste un poco más y yo dejé de ser tan perfecta, te diste cuenta de que también soy emoción y no solo cognición. Me enseñaste a ser feliz, pero no a estar sin ti. Y yo que pensé que seríamos un «para siempre».

Éramos el uno para el otro hasta que nos rompimos. Solo te pido una cosa: llévame contigo.

ME DAS ASCO

Carta de Mía a Agnes

No puedo hacer otra cosa más que odiarte. Está bien, aceptaré de una vez que mi relación tenía sus fallas, como la gran mayoría, pero estábamos bien así antes de que tú llegaras. Apareciste y la destruiste, como un huracán. Arrasaste con mi vida y solo te culpo a ti. Totalmente. No tienes corazón, o si lo tienes está oxidado, no tienes alma, no tienes perdón de Dios. Desde que llegaste todo empeoró, podrás decir con tu carita de idiota que no sabías que estábamos juntos y que creías que ya no era su pareja, que solo querías ser su amiga, que te confundiste con sus palabras y de repente te enamoraste, podrás alegar que él fue quien te calentó la oreja. Pero jamás me harás cambiar de opinión. Para mí no eres un ser humano, eres una basura. En el fondo, tú también sabes que lo eres. Te ganas todos los premios existentes a mejor actriz. Engañaste a tu pareja como a un estúpido, como a un ciego que no quiere mirar, lo veías a la cara y le hablabas como si nada cuando después ibas a verte con mi hombre. Mío; escúchame bien alimaña: mío, porque soy yo quien lo conoce, quien está en las buenas y en las malas, a quien él ama de verdad. Tú solo eres un escape, una fantasía, una excusa para no afrontar sus problemas, una salida de vez en cuando a su realidad, un juguete desechable.

Es mentira que te quiere, ni siquiera un poco. No me dejará para estar contigo porque sabe que yo soy oro y tú carbón, y en caso de hacerlo, yo te haré la vida imposible. Me encargaré siempre de tu infelicidad. Sufrirás más de lo que yo he sufrido porque te lo mereces. Acabaste con mi hogar y no te voy a perdonar. Actuaste sin pensar, sin usar tu inteligencia, tu lógica, tu razón, si es que tienes algo de eso. Creo que no sabes de la existencia de un órgano al cual llamamos cerebro.

Te buscaré y te encontraré, seré tu sombra, y cuando te tenga enfrente te voy a humillar una vez más, serás un cigarro pisado en el suelo, o, peor, una rata de alcantarilla. Tus padres, tu familia, tus amistades y hasta tus compañeros de trabajo sabrán quién eres realmente porque yo misma te arrancaré la máscara de la cara y lanzaré tu disfraz al aire, así te rompa las gafas nuevamente, porque sabes que no me tiembla el pulso. Y mi voz, mi mirada y mi odio te perseguirán por siempre. Vivirás con mi rencor como una sombra. Hablaré con tu pareja para darle detalles de todo lo que hiciste con mi hombre. Eres una mentirosa, miserable, puta, zorra. Me partiste la vida en trozos, me quemaste el corazón. Para mí serás culpable por siempre. Te haré sentir como la porquería que eres. Viviré en tu recuerdo sin permitirte ser feliz, porque sabrás que, en tu patética existencia, me hiciste daño.

TU RECUERDO

No entiendo por qué la vida se empeña en que te recuerde. Siento que pierdo poco a poco la cordura, porque he creído escucharte en el cantar de los pájaros por la mañana, y cuando cae la noche, al asomarme por la ventana, parece que el brillo de la luna quisiera iluminar tu piel en mi mente. Ya no sé lo que pensar.

Te veo en todas partes, en una pareja de ancianos que pasean antes de ir a merendar, en unos padres que juegan con sus niños en el parque, en la madera de la fogata que suena cálidamente, en el azul del cielo. Tu recuerdo sigue aquí, clavado como una espina. Y me acompaña a cada lugar. Cada día, en cada situación, cada noche y en cada esquina.

Tuve tu amor entre mis manos, lo sentí, pero no supe qué hacer con tanto y se me escapó como si fuera agua. O quizá fuiste tú quien poco a poco me fue dejando ir, estando juntos pero distantes. Me ibas diciendo adiós y yo no quería escuchar. Intuí cuando te alejaste. Mirabas mis ojos, pero dejaste de ver mi alma. Tu recuerdo sigue aquí, en el pecho, en el estómago, en mis labios.

Ya no somos lo que un día fuimos, somos cenizas, humo. Pero tu recuerdo no se borra. Y a veces dudo, porque no sé si duele más amarte o querer olvidarte. Atrapado estás, atrapado te quedas.

CHICOS MALOS

Dicen por ahí que a las niñas les gustan más los chicos malos que los chicos buenos. Podría ser eso un interesante caso de estudios.

Él tenía aliento a cigarrillo, a marihuana, y en ocasiones el aroma se mezclaba un tanto con el de la cerveza. Cabello en la dirección que ese día decidía el viento. Jeans rasgados y chaqueta de cuero. La quería.

Yo, acostumbrado a usar perfume a diario. Diría mi madre: «Nada más atractivo que un hombre perfumado». La forma de mi peinado hacia el lado izquierdo. Pantalones de vestir con la raya del planchado siempre perfecta, corbata a juego. También la quería.

Él tenía como mayor hazaña haber robado un banco en sus años de plena adolescencia. Hoy en día tenía su propio restaurante que gerenciaba, o eso intentaba, en sociedad con un amigo. Poco contacto con su familia materna, excelente tío.

Yo, trabajador desde los trece años en el taller de carpintería de mi padre. Negocio que llevé a niveles de franquicias hasta convertir su trabajo artesanal en una fábrica famosa de muebles. Llamo a mis padres a diario e intento visitarlos al menos una vez al mes. No tengo sobrinos, pero quiero tener hijos.

La conocimos. La conquistamos. Nos enamoramos. Ella era su propia dueña, no quería ataduras ni complicaciones. Preciosa y compleja. Tan segura de sí misma que daba miedo. Siempre sincera, siempre guerrera. Con ese rostro delgado de pómulos pronunciados, ojos pequeños con cejas gruesas y pobladas. Piel blanca y cabello rojo. Sexi mujer. De pasos firmes, aunque tacones tuviera. Nos avisó de que el terreno que pisábamos era un campo minado. No quería cobardes en su juego.

Él la desnudaba con brutalidad, torpeza, apuro. Ella me contaba de esa pasión. Decía que si alguien la iba a querer tendría que saber escucharla. Yo, por el contrario, al quitarle la ropa, me tomaba mi tiempo, intentaba darle toda mi miel y dulzura. Juntos, nos desnudamos el alma, el intelecto.

Con mirada penetrante, risa contagiosa, manías graciosas. Era tan libre, tan de ella misma, tan dueña de sí. No quería celdas, jaulas, cadenas, hombres que quisieran gobernarla. Él le ofrecía aventuras, yo le ofrecía amor. Él hablaba, yo abrazaba. Ahí nos tenía, a sus pies, derretidos, entregándolo todo. Al menos, yo daba mi mayor esfuerzo, él la adormecía con su veneno.

Nos amaba a los dos, pero dejándome desconcertado, en duelo, desesperanzado, se fue con el chico malo.

QUEBRADO

Carta de Ethan a Agnes

[Entre sollozos] ¿Por qué? Yo confiaba en ti. Dime que no es cierto. Todos estos años, a pesar de nuestras pequeñas diferencias, siempre sentí que me respetabas. Nos iba bien, nos reímos, nos hablamos, nos demostramos cariño, ¿qué diablos pasó? Siempre fuiste fiel, lo sé. Lo veía en tu mirada. Hasta hoy, que ya no sé quién eres, te desconozco. ¿Cómo pudiste mentirme a la cara? No sé ni qué quiero en estos momentos.

[Llanto incontrolable] Duele. Duele. Duele mi cuerpo, duele mi alma. Duele mucho porque te amo. Es que, si no, no me importaría. Hubiese preferido que en una noche de alcohol te hubieras descontrolado a que me digas que te conectaste con él. Que le querías. ¿Confundida? Confundida está una persona que no sabe la ubicación de un determinado lugar. No tú en decidir si me amas o lo amas. No puedo hablar contigo en estos momentos, solo te digo que no sé qué haremos. Volver a confiar me suena a misión imposible; por mucho que vea sinceridad en tus ojos en estos momentos, sigo sin entender tu forma de actuar.

NO VALES MI SALIVA

Carta de Ethan a Gil

Si eres tan especial como ella dice, no le harías llorar. Si vuelves a tocar a mi esposa, o si le haces daño, te voy a buscar, te encontraré y te mataré con mis propias manos. Punto.

MAL COMIENZO

Empezamos con el pie equivocado; por eso, tantos tropiezos nos hemos dado. El primer beso tenía sabor a manjar de dioses, jamás lo olvidaré, pero proporcionaba cierto misterio, un tanto amargo. Las caricias eran tan potentes que sabían a despedida, eso hizo que desde el primer segundo nos entregáramos todo. Estaba iniciando el amor a medida que se iba escribiendo el final de esa historia.

No te había dicho que sí, y tú ya sufrías por mí. No te habías ido aún y ya yo me preguntaba cómo iba a hacer sin ti. No éramos nada y ya te extrañaba. Tú me diste luz mientras te convertías en sombra. Yo te hacía sonreír sin esfuerzo, pero no confiabas en esa felicidad que recibías. Ambos nos entregamos en cuerpo y alma. Eso fue, amor, mi memoria no falla.

¿Para qué el destino cruzó nuestros caminos? Mientras fuimos extraños no nos amábamos y no nos dolíamos. ¿Para qué entonces Dios me enseñó a quererte tanto? Yo te amaba, tú me amaste, pero nos hundíamos cada día a medida que el amor crecía. En el fondo lo sabíamos, que la caída nos partiría.

A veces quisiera saltarme eso que tuvimos, como si fuera un canguro, con su paso firme y seguro.

Si ambos sabíamos desde el primer capítulo que esto sucedería, gracias a los avisos de nuestro instinto, yo me pregunto: ¿cómo es que me dueles tanto?

DESPEDIDA

Duele. Y seguirá doliendo. El hecho de que te quise, te quiero y te querré. Porque te apoderas de mí, como un peso sobre mi pecho que me asfixia. Lo extraño es que, a pesar de todo, no puedo evitar sonreír al escuchar o leer tu nombre. La última vez que te hablé, de mi boca solo salieron palabras inyectadas con un veneno letal, recuerdo que te herí, hoy me gustaría coincidir una vez más para mirarte a los ojos y decirte con un abrazo cuánto lo siento.

A veces quiero contarte tantas cosas y compartir tantas experiencias, quiero hablarte de lo que me arrepiento, pero solo se me ocurre para resumir un «te extraño, te necesito y te quiero». Sé que no estamos hechos el uno para el otro, pero es que nos crearon con pedacitos de la misma materia y, sin ti, me falta un trozo. Poco te gustan este tipo de escritos con frases románticas ni las conversaciones sobre lo complicado de nuestro amor, pero de alguna manera debo expresar mi cariño para que no se atasque en mi interior.

Ya tu voz no era mía, no me pertenecía, usabas un tono frío, distante, seco, sin amor, con dolor. No eras el mismo. Lo sé porque aprendí a conocerte y a leerte. Hubo un momento en que te contaba todo, ahora no sabes nada de mí. Un día fui más tuya que mía. Y ahora no soy la misma, porque te quedaste dentro. Ahí estaba la meta, yo sabía que no, pero esperaba que sí. Llegamos a convertirnos en más que amigos, ahora somos desconocidos.

No quiero que sea así, pero ambos sabemos que es una despedida. Aunque me hablaste un día y te quedaste para siempre en mis pensamientos. He tenido pesadillas en que volvía a vivir mi vida, pero sin conocerte, así que elijo mil veces este dolor. Yo sé que puedo. Hay que tener valor para pensarte y no llorar. Porque ya, hoy, somos historia pasada.

ME DEJASTE

Engañándome a mí misma intento rehacer mi vida. Porque te creí cuando me dijiste que me regalarías tu presencia. Y ahora ¿dónde estás? ¿Dónde quedó eso que fuimos? Tu lado de la cama ya no huele a ti, el colchón va perdiendo tu forma y se siente frío. Pero sigo viendo tu cepillo de dientes cada mañana, no he podido tirarlo.

Me dejaste un juego de mesa para dos, una botella de vino sin abrir y un frasco de perfume a la mitad. Me dejaste un álbum de fotos, una gaveta con tus documentos, la nevera llena de comida y el estómago vacío. Dijiste que te gustaba hacerme sonreír, que mis caderas te volvían loco, que conmigo eras feliz y que amabas mi corazón de oro.

Aquí estoy, empezando desde cero. Agradeciendo tanto por cada instante vivido, pero sin saber cómo arrancar de nuevo, y sin ti. Tú eras quien marcaba siempre nuestro destino, y yo iba a donde fuese mientras fuera contigo. En soledad puedo, sé que sí, la cuestión es que no quiero dejarte ir. Me dejaste. ¿Por qué sin despedirte?

Me dejaste. Hermosos recuerdos, aventuras, sonrisas, recetas, pero también me dejas el corazón roto. Por eso espero olvidarte, aunque sea un poco.

POCAS PALABRAS. MUCHA MENTE

Ethan consigo mismo

¿Por qué? Es que no entiendo nada. ¿En qué momento me perdí, me pasaron un tractor por encima y no me di cuenta? Sé que hemos estado un poco estresados, que la rutina es más grande que nosotros. Me distancié para refugiarme con mis amigos. Pero en todo este tiempo que llevamos de relación hemos podido arreglar nuestras diferencias, siempre hemos sido sinceros el uno con el otro. La noté en algunas ocasiones extraña, ausente, arisca, distinta. Me preguntaba si aún la veía guapa, si la amaba. Pensé que solo era una etapa, que estaba insegura, quise darle tiempo porque creí que mejoraría. No quise hablar, nunca me ha gustado. Ella que tanto habla y a mí no me gusta expresar lo que siento. Quizá debí decir algo. Tal vez. ¿Qué hice mal? ¿Qué cambió en ella? ¿Cómo se partió nuestro amor si nunca fue frágil?

Siempre he sido honesto, sincero, romántico. Ella siempre ha sido tan leal, tan amorosa y dedicada, tan detallista. ¿Cómo es posible que me mintiera de esa manera? Su traición me arde en el estómago. No sé qué hacer, me siento perdido. Decidiendo a quién darle prioridad, si al odio y la rabia, a la tristeza y decepción, o al amor y al perdón. No sé si puedo perdonarla, pero no quiero perderla. No sé de qué manera calmaré esta pena o si será posible arrancarme esta sensación de aflicción.

Un error lo comete cualquiera, sí, porque somos humanos. Eso de ser reales en lugar de robots me lo ha enseñado ella. Pero… Pero este error es muy fuerte, yo creía que ella se sentía feliz conmigo. ¿Por qué es tan inconforme y perfeccionista? Siempre quiere más y más. Le he dado todo lo que he podido. Cada decisión que tomo es pensando en ella y en su felicidad, en su sonrisa. Ni siquiera yo la engañé teniendo tantas oportunidades, tantas mujeres detrás de mí, incluso más hermosas, más atrevidas.

Que mi Dios me dé fuerzas y sabiduría para seguir adelante. Hoy solo sé que no entiendo. Solo sé que duele, que es un tormento, que estoy desilusionado, que tengo un hueco en el pecho.

ATUENDOS

¿Cómo será ser la princesa de tu historia? No por un tiempo, como lo fui, sino por siempre. Yo quería averiguarlo, me puse mi mejor vestido de doncella, pero te fallé. No fui suficiente. O a lo mejor no era eso lo que necesitabas y tenía que haber usado una armadura de guerrera. Con un escudo poderoso para protegerte de dragones, ogros, demonios y brujos. Tal vez el atuendo debió ser un traje formal para darte lecciones cual maestra de vida. Una bata de doctora para poder curar tus heridas. Un delantal de chef para nutrir maternalmente ese corazón tuyo que lo que pide a gritos es amor y tranquilidad. Paz que no supe darte.

El vestuario ideal debió ser un conjunto de ropa interior de cuero sexi para convertirme en tu diosa hasta llevarte a tu máxima potencia. ¿Qué disfraz querías que usara? Disfraz de doña erfección, la que nunca se equivoca, de salvadora, de protectora, de musa.

Yo lo tengo todo. Lo tengo todo. La máscara que necesites. Pero al fin y al cabo fracasé, te fallé porque uso perfume con aroma a peligro, aroma a pecado. Debajo del vestido de hada, hay piel de humana y corazón prohibido. Te di todo y recibiste nada. Como regalarle dulces a un diabético y hacer carne asada en la casa de un vegano. Tú y yo somos la mezcla perfecta de aceite y agua. Perdóname por idealizarte, porque cuando abrí los ojos ya te había mostrado todas mis facetas y aún no era suficiente para ti. Tuve que fallarte para que me dejaras. Lo hice por ti.

PARA TODA LA VIDA

Desapareciste cuando mencioné la palabra estabilidad. Fue como pulsar el botón de borrar y no verte más. Asustado como quien ha visto un fantasma, saliste corriendo sin mirar atrás. Presa que escapa del cazador. Niño perseguido por un furioso perro. Por eso con el corazón en la mano puedo asegurar que no me amaste ni la cuarta parte de lo que yo te amé. Lástima que no creas en esa capacidad de amar.

Tú decías quererme. Luego dijiste: «Creo que me estoy enamorando», y después asegurabas que me amabas. Que yo era tu universo, que te volvías loco, que me imaginaste siendo la madre de tus hijos, mentías. Fantasías de un futuro lindo, con un jardín para tomar el sol juntos, tendidos en la grama. Ah. Muy bonito panorama. Pero me dejaste.

No me amabas, comprendí que solo te gustaba. Te dio miedo el «toda una vida» justo cuando estaba dejando de ser solo una ilusión, sino algo que podría convertirse en realidad. La frase «en la salud y en la enfermedad, hasta que la muerte los separe» te explotó en el pecho como una bomba nuclear. Esperé por ti para saber si estarías dispuesto a dar ese paso que cambiaría todo, pero te dio terror el compromiso. Pánico, porque te fuiste como ladrón que acaba de atracar un banco, perseguido por patrullas de la policía y helicópteros del FBI.

Luego me culpaste cuando elegí a otro para darle el tan esperado «acepto». ¿No te parece hipocresía? Es que tú me usaste como experimento. Yo era tu laboratorio privado y personal, tu trabajo de ensayo y error, probaste todas las combinaciones posibles para ver qué sucedía. Conmigo quisiste estudiar lo que era querer, disfrutar, llorar, intentar, quebrar, fracasar, triunfar, experimentar, hacer, deshacer, perder, ganar, subir, bajar. Pero se te agotó el tiempo de pruebas cuando el sujeto de estudio ya quiso resultados.

Yo te adoré, eso no se borra ni se olvida. Pero ahora tengo el alma arrugadita cuando se supone que lo que se arruga es la piel. Y considero que debes aceptar algún día que tú también tenías tus problemillas mentales. Específicamente, fobia al compromiso. Enfermedad de la cual yo no tengo la culpa.

Ahora no me busques. Diciéndome que me extrañas. Yo te dije que también necesitaba que alguien, para variar, me preparara comida, me la sirviera, recogiera mi plato y lavara los trastos. Pedí un compañero para hacer equipo, y tú huiste, te acobardaste. Te juro que te acordarás siempre de mí, no me vas a olvidar, me recordarás, apareceré en tu almohada. Y desearás haberte comprometido.

CON LA SOGA AL CUELLO

Me involucré de más. No sé si arrepentirme o no. Pero es indiscutible que traspasé la barrera, crucé el límite. Existían, ciertamente, señales de peligro, carteles con luces LED que decían «No enamorarse», tenías la palabra «peligroso» impresa en la frente. Yo tenía puesto un vestido rojo mientras el toro me miraba de frente a pocos metros de distancia, sentía su respiración y él mi pulso. Sangre fresca brotaba de mi corazón la misma noche en que revivían los vampiros. Me bebí completo el tarro de veneno, específicamente arsénico, mezclado con un poco de coñac.

Está claro que mientras las voces me gritaban «¡corre!», yo tapaba mis oídos y subía el volumen distractor de la tele. «Terca», me susurraba el cerebro. Pero yo me sumergí en las aguas del pantano sin importarme que aún no había aprendido a nadar. Adentré hasta llegar al lodo. Comencé a hacer experimentos que requerían el uso de la electricidad con agua, simulando terapias de electrochoque. Prendí fuego a un terreno de paja seca y me quedé ahí tranquila respirando el humo negro, sintiendo el calor; algo inexplicable impidió que me quemara del todo, pero la piel me ardía y mis pulmones suplicaban ayuda para poder respirar. Caminé sobre cristales rotos. Cristales que minutos antes habían tenido forma de copas, llenas con litros y litros de licor con el que intentaba ahogar mis penas. Me inyecté heroína, que, por cierto, le robé a un mafioso. Experimenté con deportes extremos como las carreras de fórmula uno, paracaidismo, senderismo, hasta escalando el monte Everest. Me enfrenté a cocodrilos y serpientes. Me metí en medio de un tiroteo entre pandillas. Llegué a elevadas velocidades con la moto, acelerando en las curvas y sin usar casco. Purifiqué mi vida, mezclando lejía con todos los productos tóxicos que encontré, cerré las ventanas para que no llegara el aire, y solo logré problemas en la piel. Me arriesgué a perderlo todo.

Crucé las calles sin ver ni a los lados, ni siquiera al semáforo. Entré al bosque prohibido, de noche, sola y desprotegida. Le abrí la puerta a los fantasmas y los hice sentir cómodos. Firmé un contrato para trabajar con varios demonios. Traspasé un puente colgante que tenía la madera podrida y el sistema de agarre oxidado. Como soy alérgica a los mariscos, los convertí en mi único alimento. Le entregué un cuchillo afilado a mi enemigo. Hice un pacto con el mismísimo diablo y le ofrecí guerra a los políticos, porque revelaría sus sucios secretos. Me puse la soga al cuello.

Me involucré de más y aún no sé si arrepentirme o no. Porque ese viaje nocivo lo empecé el día en que no quise soltar mi realidad, pero que fue el mismo día en que te dije: «Te amo».

¿SIGUES AHÍ?

Pensarte, pensarte es desgarrador. Porque hay días en que te pienso y deseo besarte con un «te amo». Pero hay noches en que te pienso y quiero pegarte con un «te odio». Aterrador, lo que generas en mí es aterrador. Tiene demasiada fuerza esta emoción, tanta que asusta. Es que yo no quiero acostarme contigo, yo quiero despertarme contigo. Cada mañana, día tras día, y por siempre. Quiero que vuelvas porque te extraño, me extraño. Conocerte ha sido lo mejor y lo peor que me ha pasado, porque cambiaste. Pero sé que el hombre del que me enamoré aún está ahí, detrás de esa amargura. No sé qué te pasó ni cuándo te perdí del todo, no entiendo en qué momento se dibujó una línea entre nosotros, pero dejaste de mirarme. Hablabas, pero no decías nada. Me tocabas, yo no te sentía. No quiero que la historia que estábamos escribiendo llegue a su final, quizá podamos solventar para redactar un nuevo capítulo, uno en el que estemos juntos de nuevo, queriéndonos como antes. No te prometo que sea para toda la vida, pero es que aún se respira algo de amor en el aire.

Ahora soy un cofre vacío, después de que contenía un mágico tesoro. Vuelve a llenarme, por favor, te lo imploro. Qué irónico: siendo tú ateo me acercaste más a Dios, a quien ahora le pido por ti. Responde si de verdad estoy en lo cierto y aún sigues ahí, responde, hazlo por mí.

SI TAN SOLO

Solo quiero olvidarte, pero no sé cómo. Parece ser que mi memoria testaruda funciona a la perfección. Apareces sin preguntar en cada esquina de mi casa, en los anuncios publicitarios de la tele, en el menú del bar, en las ofertas de la semana. Se abre la puerta del ascensor y ahí estás tú. El perro de mi vecino lleva tu nombre. En las redes sociales solo hablan de ti, y los artistas nada más saben pintar cuadros de tu rostro.

Ha pasado tanto tiempo y aún no puedo escuchar la radio sin que las canciones me regresen al pasado a tu lado. Me dañaste todos mis éxitos preferidos, por cierto. Si tan solo pudiera olvidarte, a ti y a tu risa, el sabor de tus besos, los momentos vividos, tu aroma, la manera en que me tocabas.

Me escondo detrás de una sonrisa impenetrable y nada puede traspasar ese muro. Mi maldita memoria me ataca y me daña porque recuerdo todo tan vívidamente. Quisiera decirte que hoy estoy mejor sin ti, quisiera decirte que encontré a alguien como tú, que me llena, quisiera decirte que te he olvidado.

Si tan solo pudiera.

LLEGADOS A ESTE PUNTO, DAME UN POCO MÁS

Carta de Gil a Agnes

Hola, ¿qué tal? Nuestra historia ha sido revelada. Ya no hablemos de pasado, porque ya hicimos lo que hicimos. Vengo a recordarte cómo llegaste a este punto. Porque soy tu admirador, espero que estés bien clara de eso. No sé tú, pero lo que yo sentí sí fue real.

Es una situación bien complicada, esta de ser lo que somos. Amantes. No habíamos querido ponerle etiquetas para evitar lo inevitable. Pero llegados a este punto, ya descubiertos, ya le eres infiel con la mente, dame un poco más. Antes de que se acabe esta historia. Porque a veces pienso que me mientes de la misma manera en que le mientes a él, no sé cómo lo haces porque yo te veo y creo que eres un ángel, pero parece que no eres tan buena persona. Aunque, si te soy sincero, no me importa. Me vale mierda si eres actriz o no porque me haces sentir vivo, amado, feliz. Eso que tú me das es una conexión potente que jamás había tenido con nadie. Contigo me siento en casa.

Me encantas, eres preciosa, eres real, eres una mujer de verdad, elegante, alegre. Me escuchas sin ningún prejuicio y por eso me pierdo en esta fantasía de amor. No me juzgas ni me clavas críticas, me haces sentir bien conmigo mismo. Tu mirada penetrante que me inspira, tu inteligencia, tu cuerpo, tu actitud ante la vida. Esto es algo de no entender. Nadie entiende nada. Yo no entiendo cómo, ni por qué, ni cuándo… nada. No comprendo por qué no estás conmigo del todo, ni por qué si dices amarlo tanto sigues aquí. Pero solo sé que te quiero para mí. Claro, acepto que he dejado de confiar en las personas porque he sufrido mucho, pensé que contigo sería diferente; aun así, tus brazos son mi refugio, mi lugar seguro. Tus palabras de aliento son mi escudo y mi impulso.

Olvida todo, ya ella no está, no estamos juntos, estoy solo para ti. Si conmigo te sientes libre, olvida todo lo demás, el entorno estorba, enfócate en mí, en el aquí y el ahora, disfruta, vive, déjate llevar, sé tú misma, la que nunca has podido ser. Yo estaré siempre para sostenerte y apoyarte, porque te quiero. Te quiero.

ELLA

Ella era increíble. Piensa por un momento en unas manos heladas, adoloridas, después de una larga jornada de trabajo a bajas temperaturas, paleando la nieve, que al finalizar la faena empiezan a sentir poco a poco la maravillosa calidez que le ofrece la fogata. Esas manos pasan de un estado indeseado a uno de calma, con una sensación realmente placentera. Así de increíble era convivir con ella, era como ese fuego que avivaba mi corazón. Convertía tus preocupaciones en aire, desvanecía tus miedos, eliminaba tus pesos, aligeraba tus cargas. Ella iluminaba, esparcía alegrías.

Yo quise regalarle un jardín con estatuas de gnomos, desayunos en la cama, tardes de cine y excursiones al cielo. Pero ella en sí era una galaxia, no necesitaba de mi luz, de mis helados, de mis ramos de lirios y claveles. Un espíritu libre, como los caballos salvajes e indomables. No pude tenerla, nadie puede poseerla. Por más que lo intenté. Ella era de ella.

Tenía una mirada tierna pero penetrante, que te desnudaba, ya sabía todas las respuestas antes de que pudieras formular pregunta alguna, era tan dueña de sí misma que atraía. Tenía un cabello oscuro, brillante, largo, las ondas se asemejaban al oleaje del mar. Tocó mi cuerpo, llegó a mi alma. Sus manos largas y hermosas, sus uñas siempre pintadas. Su carácter testarudo, su olor a libros. Su manera peculiar de caminar, moviendo sutilmente sus caderas. Ella era especial. Cuerpo de diosa, curvas peligrosas. Pocas veces usaba maquillaje, decía que solía ser muy sentimental y no quería tener la máscara de pestañas chorreada en sus mejillas. Y es cierto, lloraba por cualquier cosa, lágrimas que causaban ternura. Además, aseguraba que el sabor del labial le incomodaba al comer y que quería ser besada al natural para que sintieran su gusto. Linda mujer. Estar con ella fue mi mejor viaje. Qué difícil fue entender que todo tiene un fin. Pero para ese final, me sentí como dialogando con un lobo, y mis puntos de vista para nada valían. Ella era la capitana al mando, no quería ver hundirse su barco, su preciada libertad. Ella era independiente. Su propia jefa.

Ella era explosiva, aunque procuraba ser sutil. Como cuando intentas no hacer ruido para no despertar a nadie, pero te llevas todo por delante, dejando caer al suelo el tubo de pasta dental que sorprendentemente suena como si de fuegos artificiales se tratase. Ella era singular, excepcional. Su amor se sentía de verdad. Como cuando golpeas la esquina del mueble con el meñique del pie; inevitable no gritar, imposible no sentir.

Ella, cazadora de tesoros, siempre insaciable, buscando más y más. Y entre texturas y sabores me encontró, y entre tantos hombres a sus pies, me eligió. He querido olvidarla, pero no he podido, y creo que recordarla es incluso más jodido. No puedo sacarla de mi mente. Ella era amable, observadora, detallista, digna de ser amada. Misteriosa mujer. Difícil de descifrar. Imposible de olvidar.

TIERRA A LA VISTA

Deposito mis esperanzas en personas que un día se van. Y así, me quedo vacía. Busco escapar de un malestar interno que me lleva a desequilibrios mentales. Creyendo extrañarte, cuando lo que extraño es cómo me hacías sentir. Tú continuaste construyendo nuevas bases, y yo me quedé flotando en la nube, enviándote besos y caricias por correo aéreo.

Estoy jugando a ser equilibrista de circo, y si caigo, hay altas posibilidades de ser devorada por tiburones. Como un globo con exceso de aire, a punto de explotar, estoy llena de ganas de llamarte y pienso: «No nos dejes caer en la tentación».

Nunca he dejado de existir. No ha cambiado nada en el planeta, yo respiro, hablo, vivo, pero estoy helada como una noche de invierno. Casi zombi, porque aún me queda algo de razón. Soy, sin saberlo, como la consciencia, que funciona adecuadamente, pero se debate entre dos mundos.

¿De aquí a fin de año podré reparar todos mis fragmentos rotos? ¿Existe una pega mágica? ¿O será que, al terminar de redactar estas líneas, el dolor se quede en el papel y yo pueda avanzar? Eres mi «hubiese», «¿qué pasaría sí?», aferrada a ti sin pasar la página, cuando tú ya cambiaste de libro. Me diste todo lo que pudiste dar y creo que es momento de emprender otro rumbo, siguiendo las flechas de cada esquina que indican «felicidad». Es hora de abrir los ojos. Despertar de este sueño que a veces es sueño y otras, pesadilla. Acepto que tengo a la vista tierra firme, salto de tu barco, nado hasta mi isla segura.

AMOR QUE DUELE

No aguanto más. Tu amor me duele. No puedo ni quiero volver a lo mismo, ni volver a esos lugares que visité contigo.

Tu amor me importa, tu amor me quema, tu amor me impacta. Sin tu amor me siento perdida; con tu amor me intoxico. Hoy, tu amor me envenena cuando ayer me curaba. Es que tú me destruiste, me desintegraste, me anulaste, me apartaste, me borraste y me abandonaste. La culpable, yo, que me dejé. Lo permití porque antes me dabas calma y creía que me amabas.

Me dejaste vacía después de hacerme sentir completa. Me endulzaste y luego arrancaste. Dejaste de estar, drásticamente, y te necesité. Yo intuía que eso sucedería, pero loca me hacía. Es que te creí cuando dijiste que siempre tendría tu presencia, que siempre estarías. Tu amor arde, tu amor congela, tu amor escuece. Me dio vida y hoy me quita fuerzas.

Fui la responsable por dejarte pasar a mi corazón cuando no había espacio. Pero tu amor, tu amor me parte el alma. Tuve que aprender a conversar conmigo misma y darme consejos, a secar mis propias lágrimas cada madrugada, a abrazarme fuerte en las noches.

Duele. Pero, si me lo preguntan, llámenme masoquista, yo volvería a amarte.

LA OTRA QUE SE CUIDE

Carta de Mía. De nuevo, a su pareja Gil

¿Sabes qué? Aún tengo mucho que decir. Y seguiré y seguiré. Veo que no tienes consideración por el desastre ajeno, en este caso, yo. Porque me he convertido en un desastre por tu culpa. No pienso bien, no trabajo bien, perdí el apetito, me hice mejor amiga de la migraña. Porque no te importo. En ningún momento pensaste en mí.

La vida tiene consecuencias, a veces hay que detenerse a pensar. Y si ella quedaba embarazada, ¿qué habría pasado? Aparte de traer a un pobre bebé al mundo con una madre desgraciada. Dime a dónde quieres llegar con esta calamidad y explícame por qué la seguías viendo. Actuabas por impulso como un niño que dibuja descontroladamente saliéndose de las líneas del borde.

Quiero saber todo, necesito detalles, qué comieron, a dónde fueron, qué le regalaste, qué le dijiste. Dame tu confesión, que es lo mínimo que me debes. ¿Acaso es verdad que sabe de mi existencia? Me da la sensación de que no le contabas que yo te hago reír, sino de las veces que te he hecho llorar. ¿Le dijiste que eres un maltratador, un abusador, violento? Pareciera que tus actos son una venganza por los errores que he cometido en el pasado, como si de guerras entre tribus se tratara. No te estoy gritando en estos momentos, pero eso no es sinónimo de calma, es menester que sepas que de mis entrañas solo sale ira. Es lo único que hay en mi interior: rabia, furia, rencor y mucho odio. Mucho, mucho odio.

¿Cómo es capaz de hacerle eso a otra mujer? ¿Qué clase de cigüeña trae al mundo semejante calamidad, semejante plaga? Solo pensó en ella, en que tú estarías como esclavo para ella y en que se saldría con la suya como un bandido del lejano Oeste.

Ten mucho cuidado con lo que haces de ahora en adelante, porque te advierto que yo no permito que nadie me pisotee. Si de verdad te importa algo, puedes contarle que ya la investigué, sé quién es hasta su madre y le dejé un mensaje a su padre contándole toda la verdad: que su pequeña y dulce muñeca no es quien dice ser, sino una bruja que me hizo esta maldad con toda intención y premeditación. Ya fui a su casa, sé dónde trabaja y memoricé el nombre de su gato. Soy capaz de destrozarle la vida. Le puedo reventar la cara por mentirosa. Sus palabras y sus disculpas no me van a convencer, porque sé que detrás de cada «lo siento» lo que hace es cuidar su reputación. Reputación de reputa.

El que quiere derrumbarme solo me hace más fuerte. Yo he pasado por mucho en mi historia, y siempre soy capaz de salir adelante. Tírame piedras para lesionarme que yo con ellas construiré un búnker y me protegeré.

Y tú, no te descarriles, que no te daré más oportunidades. Sabes muy bien que conmigo estás mejor. Son muchos años juntos, y empezar nuevas relaciones después de tanto tiempo el uno con el otro son tonterías que se crea la gente para disimular sus propios fracasos. Yo te haré feliz. Te lo prometo.

MENTIRAS

Mientes sin saberlo. Mientes creyéndotelo. Lo hiciste cuando dijiste que me amabas. Mientes mirándome a los ojos. A través de tus gafas de sol. Me diste la gasolina de mejor calidad, pero mi motor funcionaba a gas. Aseguras que las nubes lloran cuando yo creía que limpiaban el mundo, ahora la lluvia me causa tristeza.

Cambiaste todos mis paradigmas y mis creencias. Me afirmas que los pájaros nadan, que los peces vuelan, que tu vecina tiene una casa en la luna, que los bebés los trae una cigüeña, que el chocolate es salado, que el cristal no se rompe. Y yo te creo todo.

Me mentiste, y me mientes, porque ya no sé qué es ayer y qué es hoy, me dijiste que mañana ya pasó, el tiempo se me complicó. Me garantizaste que el gato ladra, que una pluma de avestruz pesa más que un bloque de cemento, y que el suelo sobre el que caminamos es más blando que un peluche de algodón. Dividí mi pan en dos partes para compartir y me quedé sin bocado alguno. Aprendí a sumar para quedarme sola. Me enseñaste a restar risas a mi vida para multiplicar las agonías. Me pediste que me quedara cuando tú querías irte.

Te creí cuando dijiste que el agua del mar es dulce. Cada palabra que salía de tu boca llegaba a mis oídos como verdad. Veía sinceridad en tus ojos, pero prometiste que te quedarías y no te veo, no sé ni dónde estás. Aunque tanto te quiera, debo asumir que fuiste conmigo una falsedad. Tu mejor mentira: dijiste que me querías.

DÉJAME IR

Mujer hermosa, natural, elegante. Mujer divina, sincera, brillante. Me enamoraste con tus curvas, tu cabello y tu piel. Luego me envenenaste con tu perfume, ese aroma a primavera. Me sonreíste y por mí te preocupaste. Poco a poco y día a día me quedé pegado en tu telaraña, me sentía cómodo y no quería moverme, porque tú me hipnotizaste.

Mujer inteligente, graciosa, maternal. Te di todo mi amor, pero no lo supiste valorar. Cuando abrí los ojos lo que vi fue tu engaño. Ya era tarde, ya ardía en terreno infernal.

Me amaste tanto que aprendí a entregarme, nos fundimos como el oro hasta que fuimos un solo ser. Solo que no era yo el eje principal de tu vida, hermosa y peligrosa mujer.

Quería más de ti, y tú no estabas dispuesta. Me dices que me amas, pero me tienes acorralado. Cuando te pedí más, huiste. Entonces, cuando dije: «Libérame», no lo hiciste. Siento que me estás matando. Te pido, por favor, déjame ir, que me dueles y que quema estar aquí. Vives en mi mente, pero no quiero que estés allí.

Quiero creer que en ti hay maldad, que en lugar de una bella hada eres una malvada bruja. Que tu inteligencia fue viveza, que tus besos fueron mentira, que fueron teatro, tan débiles como una burbuja. Quiero creer que te odio, que no te quiero en mi vida, que eres tóxica y dañina.

Quizá algún día deje de soñar con tu piel, no insistas más y elimina el hechizo, ese que hiciste para enamorarme, para tenerme rendido a tus pies. Suéltame, que buscaré el amor en otro lado, en un planeta donde no me den migajas, con alguna otra divinidad que se enamore de mi corazón, pero que no me haga daño como tú con tan solo una mirada.

Déjame ir, que no te hago falta.

TE MARCHASTE

Entender lo que haces, lo que piensas, lo que dices. Eso es lo que quiero, estar para ti y comprenderte, pero mis emociones no me dejan ser objetiva. Mi boca no emite sonido alguno, pero mi corazón quiere gritar con fuerza. Porque poco a poco te vi alejarte, te vi partir, pero nunca escuché tu adiós. Entiendo que tu visión del mundo es tan legítima como la mía; sencillamente, me cuesta comprenderla. Que sepas que, aunque estés lejos, vives en mi mente. Te juro que significas tanto que espero realmente no volverte a ver. Ignórame si quieres, no me hables más, pero lo que vivimos queda pintado en tu alma, y dime: ¿quién te hará olvidar? Nadie. Nadie ni nada.

De vez en cuando, apareceré en tus pensamientos, seré un recuerdo y no podrás hacer nada. Te fuiste sin despedirte, te marchaste sin decir palabra alguna, pero en algún momento te golpeará la nostalgia y tu ego sabrá que alejarte de mí ha sido el mayor error que has cometido. Te confieso que perdí la cuenta de tantas veces que me asomé a la pantalla de mi móvil con la esperanza de recibir un mensaje tuyo, te confieso también que dudé muchas veces antes de darle a ENVIAR a lo que te escribía, aunque en el fondo sabía que no llegaría una respuesta.

Admito que al dejar de estar contigo me he sentido mejor conmigo, pero me costó. Se jodió por un segundo eterno mi salud mental con tu partida, hasta que entendí que no existe para nosotros una «próxima vez». Sin decirme adiós, te fuiste. Y así, yo también te solté. Eres libre, somos libres.

VIVIR CON MIEDO

Ethan. Consigo mismo

¿Será cierto que se arrepiente por hacerme daño? ¿Será cierto que sus miedos e inseguridades fueron más grandes que ella? ¿Será cierto que se dejó llevar por un cariño genuino? Quiero la verdad, pero no quiero detalles. Quiero la verdad, pero la verdad escuece y arde.

Me pidió perdón, con lágrimas en los ojos y mejillas. No quería hablar, pero terminó diciendo la verdad, al menos su verdad. Noté que su corazón se rompió tanto como el mío. Nunca la había visto tan frágil, tan vulnerable, tan niña, tan confundida. Verla así me hizo entender que estoy, o estuve, a un segundo de quedarme sin su amor. Un paso en falso, y la perdía. No solo por su mentira y deslealtad, sino por sus ganas de querer estar para el otro imbécil, por mi distanciamiento, y por la letal rutina que poco a poco va consumiendo relaciones.

Yo sé que podemos seguir juntos, que lo podremos superar. Que depende de ella volver a conquistar mi confianza, confianza que ha quedado totalmente anulada. Pero no sé cómo matar y aniquilar este miedo. Un miedo gigantesco a que me defraude otra vez. Jamás me había sentido tan pequeño.

Apuñaló mi ego, mi masculinidad, mi virilidad. Eso costará recuperarlo incluso con ayuda. Pero es vivir con el temor y sanar el sufrimiento, así como quien cura un resfriado… o perderla. No. Definitivamente, no quiero perderla.

PERDÓNAME

Perdóname. Si no lo haces, lo entenderé. Pero no tengo otra cosa que decirte. Perdóname. Te veo y se me parte el corazón en pedacitos, como si una maceta cayera del balcón de un noveno piso. Veo tus fotos y me duele el alma. Me teñías el cabello, me cuidabas en la enfermedad curando mis heridas, me comprabas helado, me prestabas tu chaqueta. Me decías que era bella, hasta que yo no te supe llenar.

Tu sonrisa tan hermosa un día fue atacada por mi ignorancia, aplastada como quien deshoja una rosa. Mi carácter. Mis errores. Mis dudas. Mi egoísmo. Mis acciones. Mis equivocaciones. Tu perfección no puede ni debe ir ligada a mi falta de nobleza. Perdóname por defraudarte, por no saber comunicarme. Por alejarme. Te amé tanto que te compuse canciones, preparé mis mejores recetas, te di mi mejor versión, cuidé tu corazón; pero dañé todo al creer que te tenía, que te poseía, como si fueses un trofeo, un humano de hierro. Me olvidé de que tenía que enamorarte a diario. Te creí seguro, solo para mí. ¡Qué gran error cometí!

Claro que quiero recuperarme, porque siento que me perdí. El detalle está en que me siento vulnerable sin ti. Yo solía ser el brillo en tus ojos, tu orgullo, tu tema preferido. Y hoy sacas fuerzas para estar en cualquier lugar, menos conmigo.

Perdóname. Es lo único que te pido.

HERIDA

Ella era pura alegría. Solía ver lo positivo de la vida, luz donde a simple vista no se veía. Siempre tan positiva. Ella es ahora una mujer herida. Ahora solo ve sombras, y con sus propios escombros derribados construyó un espacio para ella, aislado.

Ella era divertida, juguetona como una niña. Confiaba en el amor, en la bondad del corazón. Solía ser atrevida y aguerrida. Y nunca se daba por vencida. Ella es ahora una mujer herida.

Ahora camina con una nube oscura en su cabeza, que la persigue al comer, al ducharse. No hace caso a las risas ajenas que antes solían contagiarla. Un puñal fue usado para atravesar sus sentimientos, y ella misma se encargó de coser su pecho.

Se había criado en una granja cerca del aeropuerto, aviones pasaban todos los días y podía verlos desde su ventana. Algunos con alas azules que se confundían con el cielo; otros de color naranja que hacían contraste. Pero después del dolor, dejó de asomarse a la ventana, para encerrarse a escondidas, porque es ahora una mujer herida.

EL DIÁLOGO

Esa noche, tuve una conversación bien interesante en mi cabeza. Hablé con mi corazón mientras fumaba un cigarrillo, bebía unas cervezas y comía unos trozos de queso. Era una cita bastante especial conmigo misma, me vestí cómoda, encendí unas velas con olor a canela y puse música de fondo. El piano y el saxofón del jazz eran los que más llamaban mi atención, con patrones rítmicos suaves y livianos, justo lo que necesitaba. Me senté confortablemente en el mueble para escuchar con concentración, luego desvié mi atención un rato hacia el humo que salía de mi boca.

Inicié yo, lanzando la primera pregunta al aire. «Necio y testarudo corazón, ¿por qué te empeñas en amar a la persona equivocada?». «Me haces amar para luego sufrir. Me haces entregar el alma hasta dejarme sin amor propio. No es justo. Aprende a enamorarte». Después de un rato de quejas, decido escucharlo. Su respuesta me llegaba muy sutilmente y de a poco, me contestó que la persona era la correcta, que el problema yacía en el momento. Lo estaba amando a destiempo. Parece ser que llegué tarde y las circunstancias no estaban a mi favor. Entender eso me dolió más. Yo esperaba razones para dejar de amarlo. Incluso intenté persuadir al corazón de que era el incorrecto recordándole las veces que me hizo sentir como un gusano. Pero no había manera de convencerlo de lo contrario. Terco y testarudo corazón.

Entristecí. Y mi cerebro intervino en la charla. Quería poner orden a mi caótico desastre sentimental. En su intento desesperado por calmarme, me habló de teorías acerca de otras vidas, de reencarnaciones, de personas espejo, de enseñanzas, de nuevas oportunidades, se puso religioso mencionando algo sobre que el tiempo de Dios es perfecto. Tocó ciertos puntos sobre la lógica, el deber ser, la razón. Quiso ser mi psicólogo. Quería que lo asimilara con sabiduría, pero es que de verdad no me daba el entendimiento. Por muy idóneos que sonaban sus murmullos, eran unos débiles intentos que fracasaban ante la fuerza y potencia que usaba el corazón para gritarme.

Los escuchaba y comparaba sus antagónicos puntos de vista. Para mí era como si los dos se debatieran entre la vida y la muerte, sin encontrar un punto intermedio. Y allí estaba yo, inmóvil en el sofá, con el cigarro consumiéndose solo y un pedazo de queso atragantado en la garganta. Con la mirada perdida, debatiéndome entre el cielo y el infierno, sin escudo, vulnerable, sin saber qué dirección tomar. Respiraba porque mi cuerpo lo hacía sin preguntarme. Este debate no parecía tener fin, en soledad, mi única consejera era la cerveza que me acompañó hasta que las velas se apagaron.

Así continué. Indecisa e inmadura, seguí la plática. Una noche tomaba el bando del corazón. Y a la mañana siguiente elegía hacerle caso al cerebro. Nada estaba a mi favor, ni siquiera yo misma. Fueron pasando los días, mientras yo veía la vida pasar.

Y sí, es cierto que el tiempo no era el indicado, me enamoré de ti cuando no estábamos destinados. Es que nunca unos ojos me habían mirado de esa manera. Supongo que seremos lo que la vida algún día quiera que seamos. Y mientras tanto, debo superarlo. Porque aún te amo.

NO TE CREO

Carta de Gil a su amante Agnes

¿Qué quieres que haga, qué esperas de mí si te me clavaste profundamente como una espinita, si te vi y algo se despertó en mí? Cuando te conocí, te escuché hablando de tu marido y quise eso para mí. Me atreví a declararte mi atracción, me lo agradeciste, ofreciste tu mano amiga y aseguraste que no estabas disponible. Me dejaste ser tu compañero, pero se te fue de las manos.

Francamente, no sé si él se enteró porque quisiste sincerarte, porque lo descubrió solo o porque mi pareja le pasó la antorcha del juego; por eso, a veces te considero una hipócrita, tú, mi dulce veneno. Tú, siempre tan oportuna, que has llegado a darme luz, pero lo que no quiero son tus sobras.

Después de lo vivido, la bomba nos estalló en las manos, y cuando sucedió pensé absurdamente que te quedarías conmigo, que lo intentaríamos para estar juntos. Pero me abandonaste, me dejaste solo y decidiste quedarte en tu comodidad, en tu supuesta estabilidad de pareja. Yo, que soñaba que haríamos un equipo, tan idealista yo, que hasta te imaginé formando una familia conmigo. Ya no confío en las personas, me han defraudado muchas veces, todos mienten.

Así como tú. No creo que me amaras, no creo que luchases entre la razón y el corazón, entre la lógica y la emoción. No creo que yo haya sido tu único amante en la vida, aunque lo hayas jurado una y otra vez. No creo que lo ames y que digas que hay amores diferentes, que el amor se transforma. No te creo cuando me decías manipulador. Maldigo el día en que me enamoré de ti. Te desintegro, te borro de mi memoria, te bloqueo de mi mente para ver si puedo seguir adelante.

Mierda.

Mierda.

¡Es que eres tan hermosa! Que hasta terminar con este vaivén de emociones me cuesta un universo. Me hiciste crecer, llegaste a darme oportunidades, me atravesaste el alma para expandirla y transformarla. Nunca me habían escuchado como tú. Contigo descubrí lo que es el amor. Contigo me descubrí. Siempre seré tuyo, y tu mirada siempre será mía, aunque pasen los años. Aquí se mezcló el agua con la sed. Manteniendo distancia, juntos. Mi adicción, mi droga. Mi cura y mi enfermedad.

¡Hostia! Qué jodido estoy.

POLOS OPUESTOS

Sigo sin comprender si somos tal para cual o todo lo contrario. Me he enamorado de mi polo opuesto, en todo sentido. Quizá se deba a que eres un amor prohibido.

Me quemas con tu fuego y me refrescas con tu agua. Verte se convierte en toda una novela de suspenso, como si se tratara de lidiar con contrabando o de hacer pactos con piratas.

Eres mi antagonismo inolvidable, eso sí lo tengo claro. Somos razón y emoción, ángel y diablo. Tú, mi dulce veneno, un caramelo salado.

Amarte ha sido lo mejor de mi vida, pero dejaba una estela de peligro, como una sensación de cometer un acto ilegal. Y yo lo que busco es tranquilidad.

Yo, el silencio; tú, el rock. Yo, la tempestad, y tú, la calma. Mi enfermedad y mi cura. Mi frío y mi calor. Mi sueño, mi pesadilla. Lo tóxico y lo que necesito, o creo necesitar.

Tú estás leyendo otro libro y yo aún no paso página. Pero me estoy apurando en ponerle punto final a esta historia porque sé que tienes que seguir tu camino, pero más importante aún: yo debo seguir el mío.

Polos opuestos, sí, en gustos, en personalidad, en estilo. Un poco disparejos, pero con similitudes que engendran atracción. Mi amado tormento, cuánto te he amado, pero nos hacíamos daño.

Y lo que yo quiero para ti es luz. Quiero que te alejes del caos, nuestro caos, que te centres en ti. Por eso te mantengo vivo en mi recuerdo. Y aquí te llevo. No sé si como mi verdadero amor, como amigo, enemigo, o como un conocido. Pero te quedas aquí conmigo.

Porque al intentar sacarte de mi mente, te instauraste más adentro. Amar, depender, desear, odiar. Lo tienes todo, lo bueno y lo malo, mi aromático elixir. Eres el adiós que nunca sabré decir.

LA REGLA DEL CONTRATO

¡Fui tan feliz con ella! Que ocho años han pasado y todavía me culpo por idiota, por haberla dejado ir. Es que violé el único punto del contrato que no tenía salvación, el más importante. La consigna que debía seguir era muy sencilla: «No enamorarse».

Recuerdo que ellos eran realmente una pareja perfecta, escucharla hablar sobre lo caballero, romántico y especial que él era lo certificaba. Incluso me agradaba saber que lo amaba de tal manera, porque me daba esperanzas en el amor. Un par para admirar ante los ojos de sus conocidos. Él, sencillamente inteligente y con una salud mental envidiable. Tras nueve años de matrimonio, llegaron a un acuerdo que los salvaría de la rutina y que llevaría su relación al máximo nivel de confianza, felicidad y plenitud. Tenían amor, tenían relaciones sexuales, se comunicaban, pero una única cosa les faltaba, y ellos, sin tabúes, actuaron antes de que fuese demasiado tarde.

Se regalaron un espacio para drenar, más allá de salidas al teatro y al billar con los amigos; se trataba de un día en el que podrían tener sexo con otra persona. Tenían sus reglas, como que se tratara siempre del mismo hombre o mujer, solo sexo, sin sentimientos de por medio, sin dar detalles, cancelando esa cita sexual si tenían ellos como pareja algún otro compromiso, y otras más. Pues la verdad es que ella me lo explicó, pero hizo mucho hincapié y énfasis desde el día uno, en nuestra principal norma, la que yo fallé: «No enamorarse».

Todo fluía a la perfección hasta que rompí las leyes. Era mi amiga, intimaba con ella sexualmente, pero también a nivel intelectual. ¡Vaya mujer! Me volvía loco con su espíritu aventurero. Siempre fuimos sinceros, nos reíamos, nos escuchábamos. En la cama, nos entendíamos perfectamente. Había noches de experimentar y probar fantasías, cual estrellas de porno, también había mañanas de pareja tradicional, con tiernos besos y abrazos. Pero encuentro a encuentro, ella fue notando el cambio en mi mirada. Traté de disimularlo, pero ella siempre fue una mujer muy intuitiva, perceptiva. Se dio cuenta y de manera tajante me dijo una tarde antes de irse: «Me tocas diferente, siempre has sabido cómo hacerme sonreír, cómo excitarme, pero ahora quieres cuidarme, te preocupas demasiado y estás cruzando fronteras que no deben ser cruzadas. Recuerda que acordamos nada de amor. No lo hagas más difícil. Sabes que debo alejarme y que nunca te olvidaré, pero por tu bien y el mío esto será una despedida».

¡Qué imbécil fui! Esos años a su lado fueron los mejores de mi vida, y aunque ha pasado ya mucho tiempo la sigo recordando. La tenía para mí casi todas las semanas, compartida, poco tiempo, sin derecho a preguntas ni celos. Pero ese «casi» me bastaba. Ella podía disfrutar de un sexo reparador que la liberaba; yo podía amarla mientras la tenía entre mis brazos. Pero me enamoré y ya no puedo ni olerla.

Me di cuenta muy tarde de su gran valor. Ellos continuaron su relación en paz, ella tuvo que reajustarse y conseguirse otro amante. Un amante que sanaba sus heridas, y su casamiento. Mientras, yo me quedé en el aire por no ser fiel a las letras de un contrato.

VALOR

Me encuentro muy nervioso, como nunca antes lo he estado. Mis manos sudan y tiemblan sin yo poderlas controlar, mis recuerdos aterrizan años atrás, en esos momentos en el aula de clase en los que el maestro me pedía pararme frente a todos mis compañeros para exponer algún tema, y por mucho que estudiaba, verme acorralado por tantas miradas clavadas en mí me dejaba perplejo. Aquí estoy ahora, con casi cincuenta años, igual de asustado que cuando era un niño, acomodado en mi sillón de cuero desgastado que me ha acompañado durante tantas temporadas de fútbol y noticias en la tele. Lo que estoy a punto de confesar va a determinar un antes y un después en mi historia, resulta que había estado llevando una vida que no era mía durante más años de los que podía aguantar. Todo indica que no saldrá nada bien, pero no es esa cobardía lo que quiero dejarles a mis nietos de herencia cuando los tenga. Prefiero que me odien por ser lo que soy que por ser un miserable mentiroso. Tengo la verdad atragantada en la garganta y en el alma, así que debo escupirla o moriré con mi propio veneno.

Mi esposa, como casi todos los días en estos dieciséis años de casados, prepara la cena mientras afuera cae la noche lentamente sobre la ciudad. La escucho tararear una canción, de repente calla y me grita a través del pasillo: «No sacaste la basura», y sonrío por lo mandona que es. No sé qué haría sin ella, a dónde iría a parar. Me cuesta visualizarme en un futuro sin su olor, sin su apoyo, sin ese temple que la caracteriza. Aun así, me he venido armando de valor para lo que está por ocurrir. Parece mentira que, aunque lo he practicado millones de veces en mi mente, nunca consigo dar con un buen final.

Ha pasado un buen rato. Cenamos como de costumbre en la sala, luego vimos una película. Ha sido su turno de elegir. Lucho para no dormirme cada vez que eso sucede, porque sus elecciones son siempre un romance prehistórico que a mí no solo me aburre, sino que me parece que estoy viendo un vídeo específico de Música relajante para dormir. Irónicamente, no me encuentro tan relajado esta vez.

Antes de irnos a la cama para dar cierre como cada noche, solemos tener un rato de tertulia sobre cualquier pendiente. Por muy rutinaria que esté sonando nuestra dinámica, no lo es. Vienen a mi memoria escenas de bailes juntos, épocas de crisis y colapsos, mañanas en las que no teníamos nada en el refrigerador ni dinero en los bolsillos, etapas de brindis porque nuestra vida mejoraba exponencialmente, y así, me dejé llevar en mis pensamientos, hasta que un sutil «cariño, ¿te parece si hoy nos acostamos antes? Mañana debemos…» me trajo de vuelta a la realidad. Asentí y comenzamos a recoger los platos vacíos de la deliciosa merluza en vino que había preparado. Sé que ella me hablaba, yo asentía, nuestros hijos pasaban unos días con mi hermana, así que tendríamos tiempo este fin de semana para llevar a cabo nuestros planes. Volví en mí, sus ojos me miraban esperando respuesta. Solo salió de mi boca: «Sí, peki, ya estamos, descansemos». Diminutivo que he usado siempre con ella como nuestro código secreto de afecto.

Mis manos nuevamente temblando. ¡Qué cagado soy, un blandengue! Se suponía que hoy alzaría mi voz como acto de valentía, pero no pude confesarme. Una vez más, le miento. ¡Justamente hoy, ella quiere ir a la cama pronto para dormir! Justamente hoy que quería charlar con ella. Decirle todo lo que siento. Yo admiro a mi mujer, la respeto, la honro, la quiero. Es verdaderamente dulce, hermosa. Pero el detalle es que no la amo como se ama a una pareja. No he tenido la fuerza moral para decírselo, supongo que mañana será el día. O quizá nunca. ¡No, nunca no, cobarde, debo decirle la verdad! La disputa en mi cerebro no parece tener fin y es una tortura, una batalla constante entre mi pensar y mi sentir.

Cada vez que respiro es como si se me clavara una espada en el corazón. Vuelvo a ese instante en el que mi mano pequeña cogía piedras del suelo para lanzar al río, y nunca logré tener la misma fuerza que mis primos ni hermanos. Siempre fui diferente, y es necesario que el mundo me escuche gritarlo. Ella tiene que saber que me atraen otros ojos, otro cuerpo. Y que ese cuerpo es grande, tosco, pesado, fuerte y barbudo. Tengo que revelar que la voz que me derrite es la de otro hombre, que también vive una doble vida, que en este punto no sabe cuál es verdadera y cuál falsa, porque son muchos años fomentando una mentira. Solo que el destino se ha encargado de que las pocas veces que he tenido la intención de decir la verdad, algo me frena, me detiene. O seré yo, buscando excusas. Me percaté de repente que tenía la mandíbula apretada, estaba iniciando un leve dolor de cabeza, siento un nudo en la garganta. Estoy lleno de angustia, de nervios, de duda, de envidia. Envidia que siento por aquellos que en la calle están con su pareja, felices, sin importarles lo que diga la gente; hombre con hombre, mujer con mujer, y yo sintiéndome como una mujer atrapada en el cuerpo de un hombre.

Ha llegado la hora de dormir, vajilla lavada, sala recogida, dientes cepillados, mi mujer en la cama esperándome, para colocar su brazo sobre mi pecho, como lleva haciendo dieciséis años. ¿Seré capaz de arruinar su vida? Creo que ya lo hago, tanto ocultándole la verdad como si se la llego a decir. Por ahora, acepto que no tengo el valor para quitarme la máscara; parece ser que me toca seguir tragando gota a gota mi propio veneno.

ESTÁ CONMIGO

No voy a decirte que me pertenece del todo, porque seguro que ya sabes que ella es un alma libre, un espíritu salvaje, una mujer independiente y valiente que no necesita de nadie. Pero ahora está conmigo. Tú la abandonaste, no la valoraste, no fuiste inteligente. No quiero ver tus garras malolientes acercándose a su cuello, no quiero enterarme de que merodeas por su jardín, tu apestoso hueco en donde debería existir un corazón se quedará vacío y mendingando eternamente por su amor. Lo que le generas es angustia, tristeza y dolor; por eso, desde este momento en adelante, yo soy su escudo protector. Su guardián, su vigilante, su centinela, su guardaespaldas, todo lo que ella quiera.

Sé que te arrepientes, pero no entiendo qué esperas de ella. Si no supiste valorarla, si no le entregaste lo que necesitaba, entonces, ¿para qué vienes a buscarla? Tu tiempo caducó, por tu culpa dejó de creer en el amor, pero yo aparecí y ahora está conmigo.

A tu lado tuvo nuevas experiencias, conoció extraterrestres, fue a conciertos de dinosaurios, fue niña y fue mujer. Y te lo agradezco porque valoro cada minuto de su travesía, ya que eso la ha convertido en lo que es hoy. Pero no fuiste suficiente príncipe para ella, te quedaste como sapo. Yo tengo boletos para llevarla a otras galaxias, sé llenarla de romance y lujuria, pero, sobre todo, sé cuidarla. Tengo en el armario un traje de salvavidas para usar cuando necesite ser salvada, y una capa invisible para no agobiarla. Jamás seré tan estúpido como para dejarla.

Ahora está conmigo. Verdaderamente a gusto, plena, enamorada. Habías tomado un camino para marcharte que cada día hacía que te alejaras; si has decidido regresar, te confirmo que es muy tarde, así que regrésate y no vuelvas más.

Mi dama, que sonríe, canta, descansa. Irradia magia. Cuenta las estrellas, ve formas divertidas en las nubes, se siente cómoda con su cuerpo. Se ve más radiante, más inteligente, deja huella por donde sea que pasa. Disfruta de su tiempo a solas y adora estar conmigo en casa.

No te atrevas a joderle la vida de nuevo con tu falso amor podrido. Ya aprendió, y no se dejará engañar, porque aunado a eso, ahora está conmigo.

PARA ELLA. SU CHICA

Un día lo tuve, un día fue mío y yo fui suya. Pero no lo supe valorar. El miedo me paralizó. Entre subidas y bajadas a alta velocidad, en esa montaña rusa de emociones, lo dejé ir, o él me soltó.

Y hoy… Hoy quiero hablarte a ti. Puedes decidir no escucharme y lo entendería. Hoy vengo a pedirte muchas cosas, porque ocupas el lugar que una vez ocupé, y deseo que tú sí lo sepas valorar.

Quiero decirte tanto y a la vez nada. Tú, su chica. Es un hombre complejo, con una mente privilegiada y un corazón herido; procura, por favor, no causarle más dolores. Sé que él solo puede comerse el mundo entero, pero regálale siempre tu compañía. No dejes que sus palabras te derritan, o tendrás siempre la batalla perdida.

Tú, su chica. Escúchalo. Con él no es necesario tener todo el tiempo una respuesta, sabrá apreciar que de verdad lo entiendas. No lo juzgues, no lo critiques, que él sabe aceptar otros puntos de vista, pero, así como es, es especial, y aprende solo, sin presiones. Tiene la sabiduría en la piel. Quiérelo. Pero quiérelo bonito, con detalles, respeta su mal humor mañanero y cocínale con cariño. Tócalo con dulzura y sostén su mano mientras maneja, comparte tus pensamientos y sé sincera.

Acompáñalo a la montaña y sorpréndelo con un buen café. No te quedes callada nunca cuando de tus sentimientos se trate, demuéstrale lo que vales. Cuídalo, ámalo, respétalo.

Al llegar la noche, disfruta como lo viste la luz de la luna y bésalo en la frente, por favor, bésalo en la frente. Al empezar el día, deléitate al ver que brilla como el sol. Es un hombre, sí, pero protégelo como lo harías con un niño.

Duele. Me duele mucho. Pero sé que lo harás sonreír, y podrás enamorarte de las arruguitas de sus ojos. Hazlo feliz. Te aseguro que tú serás toda una reina. Te sentirás como si flotaras, cuando realmente lo que suceda es que te encuentres con él bajo las sábanas. Ten cuidado, que vivirás emociones muy fuertes. Vuela con él, sean alegres.

Pero eso sí, de vez en cuando, recuérdale mi nombre, que no quiero que me olvide.

CORAZONES

La diferencia estaba en sus corazones. El de ella estaba hecho con algodón de azúcar y purpurina de unicornio. El de él, con carne descompuesta y municiones para la guerra.

Se trataba de un tipo basto, tosco, que solo quería follar, pero no iba con la verdad de frente, mentía diciendo que lo que buscaba era amor. Tenía corazón de hojalata, no sentía, estaba oxidado, cortaba a la mano que lo tocara hasta que brotara la sangre, era frío. Tenía que ser un idiota para no saber valorar a una mujer así.

Ella era rocío de la mañana, canción de cuna, los primeros pasitos, cobija que da abrigo, palabras de aliento, un sutil abrazo de apoyo. Su corazón fue creado con rayitos de luz, y él llegó para apagarla. Por eso, a medida que ella se quitaba su maquillaje, se le desdibujaba la sonrisa.

Él era fugaz, ella era eterna. La diferencia estaba en sus corazones.

ESE LUGAR

He estado en ese lugar sintiéndome triste. Ese lugar del que nadie habla.

Y en momentos de angustia he juntado mis manos, cerrando mis ojos, bajando mi cabeza y pidiéndole a Dios. A un Dios al que poco le hablo, pero que, cuando lo hago, es porque mi instinto dirige a mi corazón en busca de ayuda. Quizá mi historia pueda servirte para no llegar a ese apestoso sitio, o, de ser así, para que sepas por dónde escapar.

He escuchado muchas veces a los demás decirme que no es para tanto, supongo que no saben lo que significa querer morirse, autodestruirse. Me aconsejan que solo debo respirar y que de esa manera mis pensamientos se frenarán, pero no saben cuántas veces lo he intentado. Estar deprimido no es una expresión que se use a la ligera, no es un chiste ni un juego, es un síntoma de una enfermedad.

Mientras los demás viven todos los días, yo muero a diario. Desconfiando de mi sombra y hasta de mi gato. Estoy cansada de esta mentira que les digo a todos de que sigan adelante y que jamás se rindan, cuando por dentro ya yo no puedo aguantar más. Te preguntarás cómo podría sanar yo algo que jamás me atreví a hablar con nadie. Pues tuve que decirlo en voz alta y así me desmoroné, lloré, me desarmé, se me caían trozos de vida al suelo, sentí miedo y desespero. Me vi a mí misma asfixiada, ahogada, sin poder respirar. Me cansé de escuchar mis propias mentiras y me tocó aceptar que el mundo no es de color rosa con unicornios sanadores, pero que tampoco es un cuarto de torturas, porque la vida tiene matices que encajan cual rompecabezas.

Decidir cambiar mi nivel vibratorio no fue trabajo fácil, me costó meses y meses de aceptar lo que veo en el espejo. Yo también he estado en ese lugar, en ese agujero negro. Casi decido quedarme allí a vivir para siempre, entre oscuridad y huesos rotos, pero una pequeña chispa no quería apagarse, no quería dejarme ir, así que me aferré fuerte a contemplar esa tenue y lejana luz. Mis ojos se fueron acostumbrando y cada día la veía mejor, más nítida, más grande, más brillante. Empecé con pequeños pasitos a acercarme a su delicado brillo, sintiéndome como un recién nacido que empieza apenas a gatear. Pero una fuerza interior, la misma que alguna vez me empujó al fondo, ahora me impulsaba a volar. En lugar de subir mi voz para gritarle al mundo que lo odiaba, empecé a cambiar mi tono y aprendí a escuchar. De repente, amaneció y yo me desprendí de piezas que solo me sobrecargaban y me saturaban. Me estaba convirtiendo en una nueva persona. Una transformación muy dolorosa. Me tocó abrazar mis sombras y volver a nacer. Vi mi vida como un bosquejo; esas líneas y siluetas, especialmente las más rudas, las había dibujado yo. Así que tracé y escribí una biografía diferente, sin tanto caos, y con el grafito de un lápiz que permitiera correcciones. Le di la mano a torbellinos que giraban con crueldad, hice amistad con agonías y luchas, porque yo también he estado en ese lugar, amando y odiando la soledad. Pero encontré el camino cuando me quedé en silencio, comprendiendo que hay amores inciertos y misterios no resueltos, estuve en ese pozo, pero lo afronté, lo asumí, decidí vivir. Malvada depresión que en segundos me quemabas, vine a decirte que logré descubrir que sí hay manera de aliviar los dolores del alma. Y que perdiste la batalla.

QUERIDA SOCIEDAD

Carta de Agnes.

La esposa. La amante. La infiel. La otra

Nadie entiende el punto de vista de alguien más, porque todos creemos poseer la verdad absoluta.

Aquí estoy. Me presento ante los tribunales de los dedos acusadores y me declaro CULPABLE. Culpable por todos los cargos, incluso el de estúpida.

Soy la esposa. La amante. La infiel. La otra. La víctima. La victimaria. Y la humana. Con la mente en blanco, enfrente del espejo… se asoma una gotita en el lagrimal de mi ojo, suspiro, y dejo que fluya. Esa pequeña gota se convirtió en litros y litros y litros de lágrimas saladas. Pensé que me iba a morir deshidratada, aunque soy consciente de que su trabajo es limpiar el alma. Dejo correr el líquido que brota de mis adentros, aguantando el dolor como una valiente.

Que un hombre sea infiel es tildado de normal. Cuantas más mujeres bajo sus sábanas, mayor virilidad, mayor poder, mayor estatus. De no ser así, para quienes no apoyan esa conducta, igual salen las lenguas punzantes: «Todos los hombres son iguales», «Tuvo que buscar fuera lo que no tenía en su hogar», «Nadie puede resistirse a una mujer que te sonsaca»... Y podríamos seguir buscando introyectos culturales. Si una mujer es infiel, directamente ya es una zorra. Porque de pequeñas, a las niñas se les enseña a tener pudor, a jugar con las piernas cerradas, a no tener pareja hasta adultas, mientras que al niño le aplauden novias a temprana edad por ser todo un galán, un campeón.

Los amantes siempre son los desgraciados, los malintencionados, los que hacen daño sin detenerse a pensar en los demás, los que rompen hogares y destrozan corazones. Innombrables, pecadores, dignos de ir a quemarse en el infierno, bastardos, mentirosos, desgraciados. Aquellos que tienen aventuras no pueden entrar a la casa de Dios. La infidelidad no trae nada bueno, ¿cierto? Solo mentiras, traiciones, engaños y puñaladas. Si engañas, no amas de verdad.

Sí. Es cierto. No concuerdo del todo con los paradigmas y estigmas, pero no estamos hablando de matemática pura, permitimos ciertos matices. Aquí entro yo. La infiel, la otra. La dañada, la que dañó. La bastarda. «Busquen a esa bruja, debemos cortarle la cabeza y luego quemar su cuerpo».

Me culpa la sociedad. Me culpa la esposa de mi amante. Me culpa mi amante. Me culpa mi esposo. Y peor aún, me culpo yo. La vida me muestra los grilletes, y yo doy mis manos y mis piernas para que me inmovilicen. Eso no es ser honesto, es ser imbécil. Acepto mi culpa, acepto mi deuda, pero si ya estoy en el suelo, débil y golpeada, ¿para qué seguir pateándome? ¿Qué ganan con siempre poner la porquería en el otro? Ya estoy rota.

Mía, me dirijo a tu rol de mujer, no valen excusas de si sabía o no de tu existencia, no valen pretextos de ningún tipo. Lo que te hice estuvo fatal, aunque jamás fue premeditado ni intencional directamente hacia tu persona. Daño colateral por inhumano que suene. Intentar dialogar contigo ha sido inútil, entiendo tu rencor, pero solo te afecta a ti, te enferma a ti, espero que algún día puedas soltarme. No me burlé, me defendía de mi propia conducta inapropiada, bajando la mirada y huyendo de tus ofensas y razones. Si de algo te sirve, si te hace sentir mejor, sí, me destrozaste la vida. La vida entera.

Aunque no lo creas, mi relación tuvo que volver a fijar bases sólidas y tuve que construir sobre un terreno de arenas movedizas que en algún momento había sido firme. Veía a mi entorno con otra mirada, porque sabía que todos me observaban con detenimiento, y dejaron de confiar en mí. Apuñalaste a mis padres, que ya sabían que su hija no era perfecta, pero no querían enterarse de esa manera, tanto sufrieron que no podían tocar el tema. Lanzaste a un pozo sin fondo a mi esposo, Ethan, un buen hombre, jamás volvió a ser el mismo, ni yo. Siéntete satisfecha porque lograste lo que siempre deseaste, hacerme sentir miserable. A pesar de todo, no te odio. Te respeto, porque estar en tu lugar también es angustioso, lo sé, porque tu propio esposo me lo hizo a mí. Y si algún día te veo, te permitiré insultarme y gritarme, porque ya he sanado tu ataque. No quise hacerte mal, aunque mis disculpas viajen con el viento y se pierdan en un suspiro, no me importa, y una vez más, te pido que me disculpes.

Amante. Mi amado y odiado Gil. Nunca quise poner etiquetas en lo que fuimos porque eso significa aceptar la realidad. Tampoco quise decir que amaba a dos hombres a la vez porque los prejuicios me caerían encima. Llegaste a mi historia para enseñarme y aprender, para escribir un capítulo que sola no hubiese podido. Algo extraño porque brotaron en mí grandes inseguridades al conocerte al mismo tiempo que me sentí mejor conmigo misma, nació una búsqueda de aceptación que antes no tenía, dudas, preguntas, ganas de conocer lo nuevo, de vivir aventuras, dejé que fueras el titiritero y me convertí en marioneta. Quise sinceramente ser tu amiga, siempre puse la barrera, el límite, pero el precinto de seguridad yo misma lo rompí con una tijera, tan fácil como eso. Yo misma desbordé entonces un río de agua, que fue creciendo y creciendo hasta que me ahogué. Me abrumé en incertidumbres, en decisiones, en mentiras, en amor, en llantos, en risas. Me agobié de tanto, de tanto vivir algo para lo que no estaba preparada. Nos consumimos y fundimos.

Querido Gil, no tienes idea cómo me manipulaste y jugaste conmigo, tarde o temprano ese globo tenía que explotar si lo seguía llenando de aire. Y estalló, tan fuerte que el sonido retumbó y salpicó a más personas que quedaron heridas. Aprendí a ser tu amiga, quería escucharte, anhelaba saber que te iba bien, que solucionabas tus incógnitas y que salías de tus laberintos, me enseñaste colores que jamás había visto y bebí momentos que no sabía que existían. Subí contigo a la nave espacial y perdí la noción del tiempo, los valores y la cordura. Y un día desperté amándote. Qué doloroso momento. Qué tóxico y qué bonito. No me queda más que agradecerte por abrir mis ojos, por instruirme, por ser mi espejo, por ver en mí lo que yo no veía y también por defraudarme. Me hacía falta aprender eso. Solo espero que algún día puedas mirarte como yo te veo; si pudiera prestarte mis ojos, lo haría. A ti, perdóname, siempre te llevaré conmigo, y gracias. Pero no me culpes, no lo hagas. Me conoces bien. Actuamos como tenía que ser, con aciertos y errores. Serás siempre ese amor que crece. Que sufre y llora, que sana y evoluciona. Sin ser correspondido.

Y a un esposo abatido, ¿qué se le puede decir? ¿Perdón? Creo que pronuncié esa palabra tantas veces que ya no podía pronunciar la R. Ethan, lo siento. Como las paradas de tren, uno tras otro, iban pasando los días y tu dolor se agudizaba. Nunca supe cómo hablarte, cómo decirte, cómo llamar tu atención. Empezó mi lucha interna entre el bien y el mal, con el típico angelito y diablito en mis hombros. Empecé a morir lentamente y nadie lo notaba, porque seguía sonriendo, seguía estando para los demás. Siempre para otros, nunca para mí. Me di cuenta de que eras perfecto, y de que yo no podía ser la mujer perfecta para ti. Fui mintiéndote sin darme cuenta y tuve que decirte mi verdad, cuando recuerdo que el psicólogo me dijo: «Le harás más daño así». Qué agonía. Qué difícil es la vida a veces. ¿Cómo es posible que, a pesar de ese puñal en la espalda, tú aún me sigas amando? Tuve que haber sido ganadora de Premio Nobel de la Paz en mi otra vida para que el destino me haya mandado este aprendizaje, y a un esposo capaz de afrontar esto como un guerrero. Más que gracias, más que pedir perdón, más que amarte, te deberé mi vida. Mejor que tú, nadie. Hay amores imposibles, hay amores mágicos, hay amores que superan barreras y obstáculos, y la verdad es que tú eres mi isla segura.

Yo me convertí en lo que nunca quise ser, no una persona infiel como tal, sino en alguien que hace daño. De ir por la vida tocando perritos, persiguiendo mariposas, oliendo flores y saltando en un solo pie, a destruir sociedades de unión, a aniquilar seres humanos, a aplastar corazones con mis propias manos. De querer hacer el bien, a simplemente hacerlo todo mal y al revés.

Y aún hoy, después de todo, no sé quién soy, no sé si tomé las mejores decisiones, no sé si mis pasos son firmes. Soy a quien todos culpan, pero soy la única que les pide perdón. Viajando por rencores, ira, nostalgia, melancolía, amor, afectos, cariño, lujuria, chantaje, manipulación, deseo, venganza, indecisión, perdón, lealtad, culpa. Un viaje a la vida, un viaje muy largo. A la final, mejor dicho, al final, parece ser que todos somos infieles a nosotros mismos. Por algo caímos en esa situación que nos puso el destino. El universo nos explica que hay que recibir golpes para abrir los ojos, que te vuelen las gafas de un solo trancazo para que sientas lo que significa que el corazón deja de latir de miedo, de duda. Lo que son solo segundos aprendes a experimentarlos como una eternidad, y es allí donde comprendes que esos golpes recibidos tienen un sentido, un porqué, un despertar. Hay que vivir intensamente, hasta conocer estrategias para esquivar puñetazos que pueden derrumbarte.

Y de esta manera, esta carta se convierte en mi despedida. Porque descubrí que el mundo espiritual me llama, y que este plano terrenal ya no es para mí.

Adiós, decido soltar este peso de la manera más radical posible. No soy lo suficientemente inteligente. Ya no puedo más, me he quedado vacía. Me despido. Pero me voy libre, me voy amando.

PROHÍBEME

¿Quién me puede prohibir que mencione tu nombre? ¿Quién me puede prohibir que te sueñe por las noches? ¿Quién nos puede dividir si este amor es tan diferente al resto? Tú dime. A mí no se me ocurre nadie con ese poder. ¿Quién va a robarme esos momentos de felicidad infinita que viví a tu lado? ¿Quién va a prohibirme que te quiera y que tú seas siempre mía? Digan lo que digan, yo viviré por siempre en ti, en cada estrella de tu universo y en cada célula de tu cuerpo. ¿Quién me puede prohibir que te extrañe cuando faltas? ¿Quién me puede prohibir que por ti pierda la calma? ¿Quién me puede prohibir que te regale mi alma? Si sabes de alguien que pueda hacerlo, dile que me contacte, por favor, para ver si logro zafarme de este dolor, de este calvario. ¿Quién me puede prohibir que te siga amando? ¿Quién me va a convencer de que no has sido la ideal para mí? Aun cuando estás lejos, aun cuando sé que no es lo correcto. ¿Quién me puede prohibir que sonría como un loco perdido en su propio mundo cuando te recuerdo? ¿Quién me puede prohibir sentir este fuego que quema por dentro?

Prohíbemelo tú. Atrévete a decirme que deje de amarte. Pero dímelo mirándome directamente a los ojos, con esa mirada tuya tan dulce y tan incitadora. Dime que no me extrañas. Ven, acércate. Prohíbemelo a besos.

EL PRÍNCIPE VILLANO

Eres un gran maestro. Me enseñaste lo que no es el amor. Me

demostraste que mis sentimientos no te interesan. Porque en mis asuntos no es que no te entrometías, sino que ni te enterabas. Aprendí a agasajarte, entregando todo mi afecto y atención, pero de nada valió porque no sabes agradecer. En lugar de mariposas, contigo sentí gusanos. Quiero que sepas que me arruinaste la vida, me hiciste sufrir al creer en tus palabras, quisiste mostrarme que el amor solo sabe de fracasos. Con traje de príncipe, pero un villano por dentro. Tan endemoniadamente hermoso que te deseé con el cuerpo, la mente y el alma, eso te dio igual porque tienes el corazón de piedra y tuve que vivirlo para comprender que no mereces mis lágrimas. Eres una tormenta en el medio de la noche. Te comí a besos y resultaste ser una fruta podrida y envenenada. Te amé con todas mis fuerzas hasta que me di de frente contra tu torpeza, abriendo los ojos para aceptar que solo fuiste una mentira, producto de mi imaginación, que creó a tu lado un mundo de novela y fantasía.

Me demostraste que amar era angustia, miedo, soledad. Varias copas de vino eran tus remedios para solventar cualquier pelea. Atravesaste mis sueños con una daga de hierro, cortaste mis alas haciéndome creer que no las necesitaría. A fin de cuentas, nunca quisiste verme volar. Tal vez, es a ti a quien deba tenerle lástima, porque, así como no me valoraste, tampoco te dejaste querer. Sigo mi camino, se acabó nuestro tiempo. Supongo que sobran los hombres. Y aunque tengo claro que ninguno eres tú, que no amaré como te amé, sé que alguno me enseñará lo que sí es el amor.

EN BLANCO

Estancada en 28 837 palabras, que corresponden a un total de 136 páginas. Ahí me quedé, sin redactar, en silencio, con dolor de espalda, volviendo sobre mis propias líneas. Me había sentado a escribir sobre ti porque mi terapeuta me lo recomendó. Recuerdo que preguntó: «¿Qué te gusta hacer?», a lo cual yo respondí con un simple «escribir», dudando aún hacia dónde nos dirigíamos. Entonces me aconsejó que diera libertad a mis manos para conectar con mi cerebro y transcribir todo lo que mi mente pensara. Ese día llegué a casa dispuesta a hacer la tarea asignada. Me di una ducha con agua fría, me preparé un termo con café muy fuerte y unas tostadas con tomate para la merienda. Me senté frente al ordenador. Y dejé que fluyera.

Cuando miré por la ventana, había oscurecido. ¿En qué momento pasaron tantas horas? No solo me había perdido la hora de la cena, sino que prácticamente estaba por amanecer, la luna había sido testigo de mi desvelo, y yo no me percaté. Me dije a mí misma que debía terminar, el detalle es que ya no salían palabras. Otra ducha con agua fría. Mi cuerpo se estremeció. Engañé a mi estómago con unos trozos de queso y unas olivas aliñadas. Pero, aun así, al volver a sentarme mirando a la pantalla, mi mente se había quedado en blanco. ¿Será eso lo que quería mi psicólogo? ¿Que yo dejara de pensar? Pues si era ese el objetivo, lo logró, había vaciado mi cerebro. Mi yo interior buscó una linterna para ver si en mi cabeza hueca quedaba algo más en algún rincón; entre recuerdos y recuerdos fui pasando, pero ya todos habían sido escritos. Noté que había algo diferente en esas remembranzas, ya no dolían. Eran como la naturaleza muerta, como una escena del crimen, ya no había allí nada que revivir. En algún momento me convertí en guardiana de lo que tuvimos, y me estaba percatando de que ya no existía nada que cuidar ni custodiar. Durante un bendito instante, brotaron tibias lágrimas de mis ojos, estaba sanando mis heridas, pude sentir cómo se cerraban dejando marca, me llené de amor y plenitud; por eso, no percibí el momento como pérdida.

No. Obviamente, esa transformación en mi sentir no fue debido al hecho único de escribirte tantas cartas que nunca fueron enviadas, sino también gracias al tiempo que llevaba intentando soltar el pasado, a las conversaciones con mi almohada, terapias, las salidas con mis amigas, las visitas a mi familia, el enfoque en mi trabajo, el baile. Guardé durante muchos meses un luto por lo nuestro hasta que por fin fui capaz de romper el documento tácito de nuestro amor. Amor que una vez creí indestructible e infinito. Asumí que no solo dejaste de amarme, sino que también te dejé de amar. También dejé de esperar, tu mensaje no llegaría. ¿Por qué será que nos empeñamos en adueñarnos de la vida de otra persona? ¿Qué sentido le encontramos a sufrir queriendo que sea nuestra pareja obligada a lo largo de nuestra existencia? Como si fuésemos pingüinos. Tuve que quedarme en blanco para entender que no lo somos. Que no somos símbolo del romanticismo y que eso está bien. Entonces, sí, te amé. Pero soy capaz de conjugar ese verbo en pasado. Ha muerto esta historia de amor, por causas naturales, tras haber quedado grabado en un ordenador, con 28 837 palabras que corresponden a un total de 136 páginas.

UNA ÚLTIMA VEZ

He estado empeñada en cerrar una puerta que no tiene manillas, que queda abierta y no me deja avanzar. Así que, por favor, regálame una última vez y podré dejarla atrás. Es lo que necesito, tu calor en mi cuerpo una vez más.

Una última vez para revivir esos segundos que nunca más vuelven, donde descubrí lo extraordinario y encantador de dos árboles abrazándose. Época de tejer sueños con mis propias manos y vivir intensamente un amor contra todo pronóstico. Mis poemas rotos hoy descansan en la mesita que acompaña a mi cama, brindándole compañía a mi almohada y cantándole esas letras escritas con tinta permanente. Una botella de vino acompaña mi desayuno para intentar calmar esta sed que tengo. Sed de tus labios tibios, de un último beso. Un beso despacio, de esos que detienen el tiempo. Estoy borracha de ti, quiero beberme tu aliento, es que la impresión que causas en mí es tan alucinante que me impide olvidarte.

No sales de mi mente y vives en mi piel, pero yo necesito relajarme y poder yacer tranquila en mi sofá. No descansaré hasta que me obsequies esa última vez, que nuestras miradas se encuentren y se digan lo que nuestra voz nunca ha sido capaz de expresar. Quiero estremecerme como solo contigo lo he hecho, y dormir entre tus genitales antes de dejarte ir. Tú también anhelas que las yemas de mis dedos recorran tu espalda, no lo puedes negar. Aunque te quieras marchar, sé que estás dispuesto a dejarte tocar y acariciar. Ensaliva tus dedos y recorre mi mente suavemente, mientras humedezco mis labios y beso tu corazón. Puedo sanar tu tristeza, por eso te acercaste en un principio, ven una vez más, que aún me queda cariño. Ansío probar de nuevo tu veneno y convertirme en mi propio sicario, dejar mi labial marcado en tu cuello. De todas formas, eres la enfermedad y también la cura. No pienso desaprovechar en esta oportunidad el encuentro y fracasar nuevamente, quiero ser alguien inolvidable para ti y permanecer en tus recuerdos. Permíteme una vez más conectar mi fuego y encenderte, antes de desaparecer completamente, para que alguien más pueda presumirte.

Una última vez para sedar a este monstruo que llevo por dentro, que solo piensa en devorarte y en desnudarte. Saldré del sótano del sufrimiento en el que caí, sin saber cómo, dejaré de releer las conversaciones al extrañarte. Solo necesito una última noche. Atrévete a regalarme una última vez, una sonrisa silenciosa, tus manos en mi cintura, mi pierna entre las tuyas, un suspiro, un abrazo.

Una última vez, un último esfuerzo para decirnos adiós.

EN LA PLAYA

Me encuentro aquí, pensándote. Sentada sobre un tronco a la orilla de la playa que me recuerda a ti, el salitre se adhiere a mi piel y el viento me roza la cara. Miro al horizonte y no logro distinguir entre el cielo y el mar, porque ambas tonalidades de azul son nítidas y brillantes. Sostengo mi sombrero con la mano izquierda para que permanezca en mi cabeza, mientras con la derecha dibujo figuras sin sentido en la arena. Hay tantas personas a mi alrededor, viviendo su vida al margen de la mía. Me doy cuenta de que he cambiado. Yo creía en los amores románticos, en los cuentos de novelas y las películas de princesas. Pensaba que solo existían finales donde comer perdices y ser felices para siempre. Jamás había leído en las historias de hadas que existían amores tóxicos. Me había aferrado a la magia y a la esperanza, porque nadie me avisó de que una decepción dolería como duele.

De la misma manera en que ponen avisos de «Peligro, no pase, cables de alto voltaje», deberían colocar otros que digan: «Cuidado, no te enamores, puedes estallar». Con tantas materias que te enseñan en la escuela, en la universidad, y ningún maestro es capaz de ahorrarte el sufrimiento enseñándote de desamores.

Te encantaba ir a la playa, pasabas horas sumergido y regresabas a mí con una sonrisa encantadora. Éramos una pareja ideal, compartiendo los mismos gustos. Pero nos fuimos distanciando hasta que un día ya fuimos incompatibles. Querías que cambiara lo que antes te gustaba; de repente, ya no fui suficiente. Iniciamos un círculo vicioso conformado por luna de miel, acumulación de disgustos, divorcio, reconciliación. Luna de miel. Acumulación de disgustos. Divorcio. Reconciliación. Era un no parar. Un sinvivir. Un ciclo interminable que nos fue desgastando.

Te regalé mi cariño en sus diferentes formas, a veces como niña malcriada y consentida que solo quería tus mimos. Otras veces, ese afecto iba acompañado por la seguridad de una mujer independiente que se basta consigo misma para encontrar felicidad. Pero de la forma que fuera, te entregué todo mi amor, hasta que dejó de importarte. Te sueño, te oigo, te encuentro en todas partes. Con tu traje de príncipe azul salvándome de los dragones. Me acuerdo de todos tus detalles.

Me distrae un niño que pasa cerca de mí corriendo, rociándome con gotas de agua fría. Me saca de mis pensamientos y me regresa a la realidad. Tomo un sorbo de piña colada, está fresca y deliciosa, pero tras pasar unos minutos, me hundo de nuevo en mi memoria. Me refuerzo a mí misma que alejarnos fue difícil y desolador, pero quedarse era peor. Nos hacíamos más daño que dos meteoritos chocando, ese príncipe que estaba en mi mente hace unos instantes se trata de un personaje ficticio que quise creer que existía. Como cuando de pequeña jugaba con muñecas. «Para ya, no seas ingenua», grito en mi cabeza. Déjalo ir. Me hago la promesa de no creer nunca más en doncellas y caballeros, ni en rosas, ni en besos, ni en día de los enamorados, ni mucho menos en tus palabras. Este rato en la playa me ha servido para hacerme un poco más fuerte. Tomo una decisión. Sigo tomando otro sorbo de mi trago, mientras te olvido.

EL MAGO

Prepárate física y mentalmente. Ponte el chaleco antibalas y aguanta el balazo como un verdadero campeón. Porque descargaré todo lo que tengo en mis entrañas, y prenderé la chispa para darle salida a mi pólvora. Vengo dispuesta a clavarte todo el veneno que tengo almacenado, que justamente tú, sin yo darme cuenta, me ibas inyectando. Te encontré en un rincón, y me agradeciste dejándome. Te salvé de vivir en alcantarillas con ratas, y tú decidiste convertirte en el mejor mago de la historia, apareciendo y desapareciendo, haciéndome hechizos a tu antojo. Me enamorabas. Me abandonabas. Sacaste de tu sombrero de magia cartas apañadas para hacerme creer que me amabas. Qué miserable.

Tenías dibujada autoritariamente una frontera que yo no podía cruzar y respeté la línea, aguantándome las ganas para no meterme en tu vida. Aplausos para mí, ingenua, creyendo que mi papel era importante. Pero ha llegado la hora de despedirte, te creías el protagonista y pasas a ser un personaje insignificante; mejor dicho, ya no existes ni siquiera en este guion. Me autoproclamo directora de esta historia y elimino cada capítulo en el que actuaste.

Fui esclava de mi mente, merodeabas allí día y noche como un intruso, sin permiso. Yo miraba hacia otro lado creyendo que dolería menos, tu indiferencia, tu poca sensatez. Un completo malagradecido que, cuando llegué a ti para convertirte de nuevo en persona, haciendo uso de mi afecto, me soltaste dejándome unas cuantas frases vacías clavadas como un puñal en la espalda. Te construí un lugar al que pertenecer y tú quisiste dejarme con tus culpas y remordimientos, salpicándome con tus charcos de agua estancada, pero no soy responsable de los rencores podridos con los que te alimentas.

Hoy tus palabras falsas de amor se quedan en el olvido, debido a que cierro mi corazón con candado y lanzo la llave al océano, no entraré más nunca en las profundidades de mis recuerdos. Ya basta de actuar como un avestruz, abriendo un hueco en la tierra para meter la cabeza. No sé por qué llegaste a mi camino, pero no me quedaré para descubrirlo. Mi alma lloraba por ti, y yo sin saber a dónde iban las lágrimas, por eso haré de cuenta que no existes para no tener que soportar más la fricción en la herida.

Cobarde, me dejaste indefensa divulgando los secretos que te confesé en intimidad. Haz tu mejor truco de magia y desaparece, pero para siempre. Construye tu camino bien alejado del mío, que yo continúo mi sendero sin tu compañía y sin desvíos. Asume que nunca fui tu lugar seguro, como decías, lo más probable es que nunca lo sea. No lo mereces.

Por tanto, querido mago, te deseo muchas cosas; lo primordial, que se te revuelvan las nostalgias, las desdichas y las tristezas en un lugar muy lejano.

SUFICIENTE

Percibo de sopetón un olor en el aire que me conecta al pasado, muy similar al aroma de la potencia del almizcle con la frescura del sándalo.

Tu imagen viene enseguida a mi mente, tan nítida que me parece estar viéndote de frente. Debo exaltar que nosotros fuimos la pareja perfecta. Recuerdo por completo esos tiempos en los que la conexión nos acercó como imanes en ese parking bañado en rayos de sol. Éramos complicidad pura, la descripción impecable de intimidad en todos los niveles. No se podía disimular tanta descarga de energía que fluía entre nuestras miradas. Cuando estábamos juntos, el tiempo se nos escapaba como coche de carrera, a toda velocidad. Hoy en día, todo ha cambiado. No voy a negar que tu esencia se mantiene en mí, porque no necesito tocarte para estar a tu lado; con tan solo evocarte puedo revivir instantes y te hago presente en mi vida aun con los ojos cerrados. Fuerzas invisibles me atan a tu alma permitiéndome ir contigo a donde sea que vayas. Parece extraño, pero estoy tan unida a ti que ahora siento paz sabiendo que eres feliz, incluso si no es a mi lado.

Reconozco que dejamos de ser esa pareja perfecta. Lo intentamos todo, pero fallamos. Me quebré cuando te perdí, estallé en miles de pedazos y quedé flotando en el aire como un alma perdida hasta que comprendí que mi propósito no se trataba de vivir a tu lado, sino de saber vivir conmigo, ese era mi mayor compromiso. Sí siento curiosidad y en ciertas oportunidades quisiera saber todo sobre ella, cómo se ríe, cómo te trata, qué tanto te abraza. Me intriga saber si te cuida, al mismo tiempo le tengo celos y un montón de envidia. Dualidad permanente por querer que te toque con delicadeza, ternura y cariño, y por no querer que te toque ni con la mirada. Sin embargo, con sinceridad deseo que te ame al tacto de cada caricia, dejando música en tu piel, así como lo haría yo.

Asimilé gracias a lo que tuvimos que el amor se conquista, día a día, con dedicación y esfuerzo; de esa manera construimos nuestro propio imperio, llegando a ser los faraones, pero, sin darnos cuenta, eso mismo que creamos lo enterramos vivo y con nuestras propias manos. Juntos armamos una revolución y te juro que puse todo mi esfuerzo en luchar a tu lado, pero me vencieron las arenas movedizas. A veces te extraño más de lo que el tiempo me permite y debo volver a la realidad en la que existo, esa en la que ya no estoy contigo y en la que tú, indudablemente, estás con ella.

Aún conservo el corcho de la primera botella de vino que bebimos juntos, a ambos nos apetecía vino blanco y desde ese entonces la sincronicidad marcaba las pautas. Y después de amarte tanto sigo sin entender qué pasó entre nosotros. Eras un tigre y te acepté con todas tus rayas, nunca fue simple este amor tan ardiente y tal vez el mundo no estaba preparado para una relación tan potente, por eso en el fondo sé que fue mejor quedarnos así, idealizados. Mucho me costó esconderte en mi mente hasta que te di permiso de aparecer sin que me causases dolor. Fui perfecta para ti, y tú para mí. Lo di todo, lo diste todo. Pero no fue suficiente.

AMIGOS

Si ella supiera lo que yo siento cuando la veo, muchas cosas cambiarían. Tal vez me rechace, o se aleje un poco, aunque nunca dejaría de quererme a menos que le falle, y juro que no lo haré. Ella es mi amiga, desde que éramos niños y corríamos juntos. A pesar de tener la misma edad, cuando la conocí, despertó en mí un instinto protector. Tan risueña, tan divertida, tan noble. No era como el resto, no le importaba sentarse en el suelo a jugar conmigo, ni llenarse de tierra. Le molestaba que yo le dejara ganar porque decía que la vida no siempre sería justa y que ella debía estar preparada, que no necesitaba que nadie le evitara dolor si después ella sola tendría que apañárselas con el mundo. Siempre tan madura.

Al pasar los años, sus curvas fueron pronunciándose con mayor potencia, su aroma a no sé qué se impregnó en mi corazón, su cabellera me invitaba a conciertos de jazz y su cadera me hacía muecas. Ella sigue siendo mi amiga, pero no sabe que yo quisiera ser algo más que eso. La escuché hablando de sus pretendientes, hasta que llegó él, del que más charló, el que más me dolió. Enamorada, repetía constantemente lo bien que él bailaba, lo amoroso que era, mientras yo asentía con una sonrisa forzada y celebraba su felicidad, con cierto dolor. Pero también llegó el día en que más la vi llorar, desperdiciando sus valiosas lágrimas de cristal en ese tipo que creía merecerla, despechada por unos labios que no eran los míos, nadando en un océano con tormenta. Fui su pañuelo, mientras luchaba por mantener mi furia bajo control y por desacelerar mi respiración. En esa, y en muchas ocasiones, la cuidé, la abracé, pero nunca la besé.

Me sé su historia de pies a cabeza porque me importa, solo yo sé que su madre no la sabía peinar y le colocaba unos lazos enormes en forma de girasol para disimular su cabello alborotado. Sé cuánto amaba a su abuelo, conozco todos sus secretos. Que no le gusta dormir desnuda porque entonces tiene pesadillas, que no habla en las mañanas hasta no cepillarse los dientes, que puede comerse tres platos de arroz chino, su plato favorito. La conozco hasta la punta de los pies, porque hemos compartido muchos años de sinceridad, por eso sé que le molesta cualquier luz tenue para dormir e incluso ruidos repetitivos como el sonido de un reloj. Es fanática de las cervezas y no le gusta el café. Está para los demás y nunca para ella. Calla mucho, habla poco, siente demasiado.

Soy testigo de sus bondades, de sus gustos, de su mal humor. Me ha mentido mirándome a los ojos, pero no aguanta y termina delatándose, se le escapa la sonrisa de tramposa. Y sí, sigo siendo su amigo. Ella no tiene idea de que el amor que le profeso va más allá del cariño que se siente por la familia, sino que llega a traspasar los límites de hermandad, siendo un afecto de enamorado, totalmente enamorado, babeado.

La conozco tanto que sé lo que busca en un hombre, por eso prefiero seguir siendo su hombro que perderla para siempre. Seguiré abrazándola, ilusionado. Y la acompañaré con todo mi respeto mientras escribe su propia historia, y yo observo. Si la veo caer, estaré cuando necesite sanar, y si veo que despliega sus alas, la auparé para que vuele alto. No me atrevo a perder a esa hermosa mujer por caprichoso. Llevo con orgullo el título de mejor amigo.

DESINTOXICACIÓN

Estoy decidida a sacar de dentro todo. Todo lo que me pueda frenar en mi camino para nuestra ruptura. Por eso he apagado el móvil, llamé a mis padres y les dije que estaría este fin de semana en la montaña con unos amigos, cancelé citas pendientes y pegué el número del delivery en la puerta del refrigerador. En la organización está el poder, busqué hojas de papel y bolígrafos para tener a mano, por si necesitara escribirte cartas, ya que quizá con llorarte no sea suficiente; además, no tengo pensado salir del salón si no es para ir al baño o acercarme a la cocina. Que, por cierto, me armé de municiones hipercalóricas aparte de las pizzas con extra de queso que pienso ordenar a domicilio. Vodka, tequila, limón, varias bolsas de golosinas, helados de todos los sabores, chocolate hasta aburrir, dos cajas de pañuelos de papel y un montón de series de Netflix que quiero ver.

Al tener todo en orden, inicio mi programa de desintoxicación de ti. En compañía de la lluvia que dibuja gotas en mi ventana, iluminada por la luna que una vez me regalaste y silenciada por la noche, que me invita a callar para escuchar mis pensamientos. Más rápido de lo que creía, no hizo falta ni el primer trago, te dibujo en mi cabeza, entre lágrimas y sonrisas. Me envuelvo en la cobija para creer que es tu cálido abrazo lo que me abriga el alma, y me impresiono del poder que tiene la mente cuando percibo tu olor, como si realmente estuvieras junto a mí. Fantaseo con volver a verte y reír a carcajadas, como en aquel momento en que fuimos felices en mitad de la tormenta. Me hundo en mi interior y recuerdo nuestros comienzos, hace tantos años, pero incrustados en mi cuerpo en el presente. Enamorados contra todo pronóstico. Entre añoranzas y sueños, nos encontramos follando convirtiéndonos en uno solo, pero de a ratos me tropiezo contra dolorosas piedras de realidad que me traen de vuelta al sofá en donde estoy acostada, con la piel todavía erizada. Sin darme cuenta, ya se vació el primer trago puro de vodka, y un envoltorio de chocolate me mira fijamente desde el suelo. Me reprocho el haberte amado tanto para que después la palabra «nosotros» recibiera un final tan indeseado e inesperado. Asumo que no nos salió bien lo que un día fue nuestro motivo para vivir, nuestra promesa para un futuro. Entiendo que para florecer es necesario pasar por todas las emociones; sin embargo, no quiero creer que nuestro amor se quedará sin primavera, frío, quemado, seco y desolado.

Empiezo a sentirme como arrastrada y zarandeada por una ola furiosa. No estoy segura de si se debe a la culpa del dulce con alcohol o si es porque mis emociones están agitadas. No me apena aceptar que no me encuentro sin ti, aunque ni tú me lo creas. Porque detrás de la coraza, juro que hay una mujer de carne y hueso. Me increpo el haberte fallado, el haberte perdido. Me culpo por no saber expresar con acciones lo embobada que me tenías, que me tienes. Me arde en el corazón porque habías llegado para darle música y sonido a mi vida, y te fuiste dejándome en silencio y apagada. Cuando la vida nos duele, aprendemos a valorar, sí, nos convertimos en mejores personas después de verle la cara a los miedos de frente, pero, joder, aún te extraño. También te amo, y te necesito. Le doy permiso a mi consciencia de revivirte las veces que sean necesarias para no olvidarte nunca, mientras aprendo a convivir con mis ganas de ti, sin tenerte. Para eso, tengo una pila de libros de autoayuda amontonados, a medio leer y apenas hojeados debo admitir. Pero la famosa técnica hawaiana en la que yo antes no creía, aparece de la nada para intentar sanarme y liberarme, por lo que repito en un intento por calmarme, la siguiente oración: «Lo siento, gracias, te amo». Lo redundo tantas veces como para vaciar el peso de mis maletas emocionales, que me hacen doler la espalda.

En este recorrido de lo que tuvimos, siento que debo presumir de ti. Porque lo digo una vez más: eres hermoso. Y si fuiste mío y yo fui tuya, aunque sea por un tiempo, es porque el universo me consideró merecedora de tu compañía. Eres valiente, un magnífico hombre, y me consta que el talento te sobra. Lástima que no sepas caminar conmigo, que quieras ir siempre un paso adelante y que tu confianza se encuentre fracturada. Me duele tu partida y te aseguro que no busco culpables, reconozco tus errores y acepto mis responsabilidades, pero dudo si esta terapia de bebidas y comida chatarra será suficiente para superarte. Porque eres especial, tú como nadie, me presentaste a la verdadera yo. Sembraste dudas, giraste mi vida, me sentí libre a tu lado, alimentaste mi pasión.

Botellas de vodka y tequila vacías, cajas con restos de pizza decorando mi sala, el mismo pijama desde el viernes en la noche. Ya es hora de ordenar para mañana volver a la rutina. Y yo me confieso adicta a tu recuerdo, pidiendo al destino que me internen, porque necesitaré muchos días de rehabilitación si quiero recordarte sin que lastimes. Adicta, sí. A tu veneno dulce que me atrapa.

POCO A POCO

Desde muy joven, se fue matando poco a poco. Era magnetismo y atracción a lo desconocido, se encontraba alineado con aquello que lo desestabilizara. Tenía un radar para detectar peligros, oportunidades riesgosas que no dejaba pasar. Su intención era vivir al máximo, pero llevaba sus ansias al extremo. Al despertar, le daba los buenos días a su cuerpo fumando un cigarrillo, su desayuno automático, el cual era sustituido a veces por un porro. A los treinta años de edad, sus experiencias eran infinitas. Ya había inhalado cocaína, probado heroína, éxtasis, LSD y más. Había presenciado la muerte de la gran mayoría de sus amigos, los motivos fueron sobredosis o por armas de fuego. A pesar de eso, se seguía matando poco a poco.

Se bañaba en ira y descontrol. Se alimentaba de odios, de resentimiento, de desconfianza. Su menú principal era la culpa, que le carcomía el alma. No creía en la palabra de nadie, ni siquiera en la suya. Él disfrazaba su sentir y no expresaba su repugnancia al mundo, usaba su humor como aliado para disimular lo que sentía. A su alrededor reinaba el amor, pero se negaba a verlo, estaba cegado por el autosabotaje. Sofocaba sus penas con jarras de cerveza y shots de tequila; de vez en cuando, hacían falta un ron y un whisky, tomando en cuenta que uno significa varias botellas. Sus demonios eran más grandes que él, y sin saberlo su corazón de oro lo salvaba. Más de una vez, su bondad le impidió cruzar el borde de la locura, saltar al abismo de la muerte. Desgastado, consumido, llevando una vida al límite de malas decisiones y mala suerte, lograba sacar todo su esfuerzo para trabajar con dignidad de vez en vez y ayudar a su familia. Pequeños momentos de brillo en su historia que le impedían caer en seco.

Coraza de acero, caminos tormentosos, alma pura. No había sitio más seguro que sus brazos, con la capacidad de regalar seguridad y calor. Intentaba ser sabio, pero se iba matando poco a poco. Entre deudas y conflictos, se volvió adicto al juego, convirtiendo cada paso que daba en una ruleta rusa. Debía cantidades exageradas a mafiosos, y cada pan que llevaba bajo el brazo para alimentar a sus seres queridos era arrebatado a la fuerza. Conoció así el mundo de las apuestas, se envolvió en asuntos de secuestros y pandilleros. Encontró refugio en un par de senos diferentes para cada noche, gozando cada día más del sexo, pero sintiéndose más vacío. Era un buen hombre, sí, pero perdió el buen juicio. Desafió a la medicina, y cuando su pronóstico era desalentador, él seguía retando a la muerte.

Hoy en día, perdió al amor de su vida, su alma gemela. Tiene cientos de amigos, de esos que no son leales. Es un valiente acompañado de su fiel soledad. Su familia lo ama, sus hijos son su luz, pero perdió tanto tiempo viviendo en excesos que, en silencio, se continúa matando por dentro.

TUS RUINAS

Todo lo que me entregaste fue desenmascarado cuando te fuiste. Detrás de cada beso tuyo había una obra de teatro en acción, protagonizada por tu lado más falso y pecador, así que te regreso tus besos y caricias. Y fíjate qué ironía, tengo que agradecerte por alejarme de tu hipocresía. No me arrastrarás más, estafador, con tus mil rostros. Me engañaste tantas veces que me he vuelto más fuerte. Ya dejé de confiar en tus halagos, cabrón, en tantas lunas de miel que volvían a terminar en divorcio. Supongo que tal vez, te habías cansado de mí; por eso cruzaste la puerta con tanta facilidad, sin titubear, sin mirar atrás. Recuerdo que me quedé petrificada entre cuatro paredes hasta que reaccioné corriendo tras de ti. Grité tu nombre, brotaron mis lágrimas, no pude más que susurrar un débil «no me dejes», pero tú nunca volteaste, sino que me diste la espalda. Comprendí que convencerte de que me amaras era absurdo, porque no reconocías mi lugar y me traicionaste sin piedad. No vale la pena ni el dolor. Vivíamos en un lugar donde las estrellas no brillaban, en un paraíso de mentiras. Yo te había presentado todos mis miedos y heridas. Le di la mano a tu pasado, aposté mis cartas por ti y me jugué la vida a corazón abierto. Ha sido difícil descubrir por dónde empezar a sanar cuando ni siquiera mi alma y mi cerebro se podían poner de acuerdo. Ahora te toca admitir que me tuviste y me perdiste. Fuiste un hombre afortunado y ahora quedas en miseria. Yo me voy a reponer porque puede más mi amor propio y soy consciente de que mis ojos no son los primeros que lloran, pero tú has desperdiciado lo mejor de tu vida y solo te queda ser un vagabundo, buscando a alguien que pueda entregarte algo que se asemeje a lo que yo te regalé. Porque yo no tengo precio, lo que me sobra es valor. Sé caminar con el alma a cuestas, porque Valentía y Coraje son mis apellidos. Me harté de tu insensatez y agradezco que te hayas ido, ya no quiero que intentes volver de nuevo con tus ramos de rosas marchitas. No soy tu segundo plato ni un trofeo para exhibir cuando lo necesitas.

Y así como la modernidad ha ido cubriendo a la historia, y como la tecnología opaca a los libros, yo construyo sobre tus ruinas.

QUERIDO LECTOR:

Siendo tan inteligente como sé que eres, asumo que percibiste que en este apartado aparecieron cuatro personajes envolviéndonos en su historia.

¿Te identificas con alguno de ellos? De ser así, redacta un poco sobre qué tendrías que decir si tú fueras quien escribe estas cartas. Puedes escribir para —o como si fueras— Mía, Gil, Agnes o Ethan. Venga, suéltalo todo.

Liberarse

LIBERARSE

Así, como el cometa que vuela alto para ser independiente, porque ya acompañó a su dueño todo lo que pudo, porque sabía que, de seguir, podía romperse. Así, como cuando se escapa el aire de un globo, de forma continua e ininterrumpida. De la misma manera en que sale el genio de la botella para liberarse del encierro. Quitarse los amarres, las ataduras, las cadenas, la ropa, las máscaras para dejar de sentir esa sensación de ahogo y asfixia. Así, como cuando una persona se atreve a decir en voz alta su más profundo secreto, revelando la verdad que había estado oculta. Librarse de una relación tóxica y conflictiva, cerrando el ciclo repetitivo que solo desgastaba, divorciarse de los problemas para casarse con la verdadera esencia de sí mismo. Sí, te lo prometo, sí es posible llegar a sentirse liberado, cuando sueltas los tabúes, las expectativas, dejando de ser esclavo de tu propio sometimiento. Cuando dejas de responsabilizar al otro por las complicaciones de tu vida, y asumes lo que te corresponde. Es una sensación grata, de serenidad y paz. Así, como se siente aquel que por fin cruza la frontera, que caminaba y viajaba día tras día con ansias de libertad. Coger con tus propias manos las riendas de tu vida. La misma sensación de un ave que deja de estar enjaulada, de un hombre que sale de prisión. Se puede ser libre como el viento, libre como el mar, cuando te alejas de peligros, como el ciervo que logró huir del león.

CIERRE

Me he dado cuenta de que los seres humanos no somos complicados, sino necios. Enganchados en amores que no pueden ser. Atrapados en las trampas de pasiones prohibidas. Insistiendo en que la vida sea exactamente como a nosotros se nos antoja que sea. En mi caso, todo iba bien, hasta que te cruzaste en mi camino. Para llenarme y vaciarme. Aprendí que se puede llegar a amar demasiado, pasando el límite.

Lo tuvimos todo, pero hoy no nos queda nada. Me elevé a tu lado, cerca de las estrellas, para luego experimentar una caída mortal para mi corazón. Sin paracaídas. Mi cualidad de persona competitiva no me dejaba ver que había perdido, que era hora de terminar el juego y aceptar la derrota. Por eso insistí tanto. Me quedé por más tiempo del que debía encerrada dentro de cuatro paredes hechas con bloques de rabia, de furia, de ira contenida. Con olor a venganza porque ya no me amabas. Tú, viviendo; yo, muriendo en vida. Cuando dejé de ser interesante incluso para las ratas, reaccioné y me percaté de mi existencia, casi imperceptible.

Fue en ese momento que adquirí nuevamente un poco de consciencia. Recordé que fui yo quien me puse los grilletes en los tobillos para inmovilizarme y quedarme atada a tu recuerdo. Hasta que, desde los barrotes de la minúscula ventana en mi pequeña celda, pude apreciar una cometa. Fue una señal del cielo, porque en ese mismo instante el viento me habló, gritando: «¡Libérate!».

Por ese despertar, te suelto. Como quien suelta enseguida una olla caliente. Te suelto porque no quiero sentir rencor. Te suelto porque entendí que tenía que amarte. Tenía que sentirte. Tenía que vivirte. Tenía que respirarte. Era así como tenía que ser. Y aún mantengo esperanzas de un día poder mirar atrás, recordar y sonreír.

Comprendí que en asuntos del corazón es válido cambiar de opinión. Que debía poner un punto en tu capítulo para poder seguir escribiendo mi historia. Y acepté que tú ya no querías estar conmigo.

Salí del hueco negro. Dejé de exigir tanto al destino, a ti, a mí misma. Le hice caso a la luz. Por eso hoy te escribo, para liberarme, y liberarte. Porque es hora de mirar hacia adelante, donde todo un mundo me espera. Te suelto, porque ya no quiero que el odio viva en mi estómago dándome latigazos llenos de dudas punzantes y clavos filosos.

Me permito cerrar la puerta tras de mí y avanzar a otras dimensiones. Porque al no querer irme yo, te tenía amarrado. Y la intención de mi energía nunca ha sido retenerte ni frenarte. Sino por el contrario, iluminarte.

Redacto estas palabras con mano firme, pero no te enviaré esta carta. La quemaré, comprendiendo que algo que es, en un momento determinado, deja de ser. Hago en tu honor una especie de ritual, de cierre, de magia, de continuidad de almas. Porque vivo en ti, y tú en mí, pero únicamente en la distancia.

QUINTA LA NENA

Reconstruir nuevamente los hechos de mi vida me ha quebrado. Volví a mis raíces para reparar lo que estaba un poco roto y resulta que me volví pedazos. Claro, para componerme tengo que terminar de partirme por completo. Ha sido duro, pero vale el esfuerzo.

Fue muy fuerte, vi la casa de mis abuelos abandonada, sin niños corriendo por los pasillos, sin mujeres en la cocina haciendo comida como si de un restaurante se tratara, sin hombres en el patio charlando y jugando a las cartas, entre risas y apuestas. Este trayecto era necesario, pronto venderemos la casa y ya solo quedará el recuerdo. Memorias de una infancia verdaderamente mágica, pero solo hoy lo sé apreciar.

Estas paredes guardan millones de historias y centenares de secretos, me han enseñado que en mi propia base está el poder. Estoy hecha de viga y cemento, por lo que nada podrá derrumbarme, pasen los años que pasen, tormentas, truenos, distintos gobiernos, aprendí que estoy construida como esta casa, con fuertes cimientos. Sentí el duelo, sentí el proceso, sentí la transformación. Lo sentí con todo.

Haber pisado de nuevo este espacio me quebró, sí, y me sanó. Una hermosa fotografía salió de la cámara de mi móvil, enmarcando para siempre la silla predilecta de mi abuelo. Incluso unas sillas oxidadas arrumadas en un rincón del baño me recordaron las reuniones que hacíamos todos los viernes. Sin motivo alguno, solo disfrutar y visitar a los viejos. Qué poderosa es la estructura familiar. Nos forja para prepararnos a un evento tan majestuoso como es la vida misma.

Hice un recorrido visual por el salón, con su lámpara antigua y su felpudo redondo, muebles de retén, una ventana grande que permite entrada a la calidez del sol, mis ojos saltaban de portarretrato en portarretrato, sonriendo, dándome cuenta de lo fugaces que son los años. Tomé consciencia de los que hoy no están presentes entre nosotros, pero que marcaron mi existencia. Quinta La Nena, nombre que quisieron otorgarte tus dueños, mis abuelos. Me deleito con tu cocina que de una extraña manera me invita a percibir olores, caminé cerca de las escaleras que me convidan a hacer otro viaje más al pasado, me llevan a la mesita de noche de la abuela, a los brazos que consienten.

Qué bonito ver este patio, con luz, más vivo que nunca, con sus plantas fieles y verdes, qué bien se siente tocar las hojas que son capaces de darme sombra. Agradezco este reencuentro. Llegué vuelta añicos porque después de tantos años de ausencia no quería aceptar que me había perdido besos en las mejillas de mis ancestros, pero me voy más fuerte, más sabia, más valiente y mucho más auténtica.

BRINDEMOS

Quítate el reloj, que perderemos la noción del tiempo. Porque esta noche, noche de copas, brindaremos con el alma, te aseguro que nos sobran motivos.

Brindaré primero, que aquí estaremos hasta que amanezca. Alza tu trago y escucha. Esto va de amores, amores de verdad, esos que importan y por ende duelen. Amores que queman, dejan huella y a veces cicatrices.

Brindo por el primer amor, también por ese amor que te cambia la vida, que te despierta de un tonto hábito repetitivo que sacude tu mundo. Amores prohibidos que te enseñan un universo desconocido, a escondidas, sin rumbo fijo. Brindo por los que gimen bajo las sábanas y por los que callan el grito, por los matrimonios que duran porque se aman de verdad y también por los que lo hacen para no dejar caer la máscara. Por los adolescentes que sienten vibraciones poderosas. Por la piel de gallina, por la mano que recorre la espalda, por el orgasmo, por el primer beso, y en especial, el último. Por las parejas que celebran aniversarios y las que firman divorcios.

En honor a mi propio corazón, que tiene conflictos con mi razón. Brindo por aquellos que aguantan queja tras queja, tras queja, y más quejas. Y también por aquel que no tolera ninguna. Por las mujeres depiladas, las velludas, las que se maquillan y las que no se peinan. Las que se dejan amar, las independientes, y las que aman, aunque el otro ni se entere. Por las curvas, por los cuerpos en posición horizontal, por el jadeo y el sudor. Brindo por aquel afortunado que en su recorrido ha aprendido de inteligencia espiritual, que ha amado, que ha perdonado.

Brindo por el que se fue de casa y dejó a su hija para solo verla en contadas ocasiones, pero que le regala vivencias que no se olvidan. Brindo por el infiel, y por el engañado. Por los que saben curar sus heridas, que han sanado y han avanzado. Brindo por las canciones que recuerdan a los ex. Por el amor a primera vista, por el enamorado que nunca se declara. Por la noche de bodas, la luna de miel y el sexo de reconciliación. Por esas miradas que hablan, los suspiros que guardan sentimientos, por el nudo en la garganta.

¡Venga! Que razones para brindar me sobran, y personajes también. El que me humilló, el que me amenazó, el que se fue sin avisar, el que me utilizó para su propio bien, el que me pegó y el que, peor aún, me apuñaló con sus palabras, por aquellos que me han mentido, por los que hablan a mis espaldas, por los envidiosos y los de energía pesada, que, en vez de darte luz, te chupan las baterías. Porque gracias a esas personas, la historia de mi vida tiene subidas, bajadas, saltos y caídas. Porque me enseñaron la lección, y me hicieron darme cuenta de que en mi alma no cabe odio, no cabe rencor, solo hay espacio para el amor.

Brindemos por la familia, la vida, por las redes sociales, los encuentros casuales, por el mesero que me ha servido esta copa, por el dueño de este antro y por aquel borracho. Un brindis por él, por ella, por ti, por mí, por los tacones de corcho y los sueños rotos. Por lo que falta y lo que sobra, por el que está y el que se fue. Que la vida es hermosa, vale el esfuerzo, eso no se discute, así que alza la copa.

LIMONADA

Si la vida me da limones, yo no hago limonada. Yo busco la manera de innovar para hacer mi propia cosecha y multiplicar eso que hoy tengo. Abundancia. Abundancia es lo que soy, es lo que quiero, es lo que tengo, lo que merezco. Abundancia es la cantidad de veces que respiro al día, llenando mis pulmones con cada inhalación de vida. Admito que no me hice fuerte de la noche a la mañana, me hice fuerte después de ese amanecer en que no te vi más en mi cama. Contigo fue así; primero, amor; luego, dolor, y, por último, superación. No fue cosa fácil, no celebré tu ausencia de buenas a primeras. Tuve que caer, caer en un abismo, lleno de angustia, de anhelo y preguntas.

¿Por qué? ¿Qué hicimos mal? ¿Qué nos pasó? ¿A dónde voy sin ti? Te sufrí, te lloré. Hasta que me desperté. Le solté la mano a la queja. Acepté lo que tenía: mi soledad. Nada más. Ella sería mi nueva compañera. Así que la abracé fuertemente y decidí escucharla, la dejé hablar, me mostró su valor. Frené el rechazo hacia ella y, ¿sabes qué?, me hice su amiga.

La soledad me ayudó a olvidarte, aunque me hacía extrañarte más. Me mostró los limones de mi cocina, decidí usarlos para el tequila. ¡Vaya manera de superarte! Luego tuve que usar otro limón para añadirlo al té y poder calmar la resaca. Y así, uno a uno, fui gastando limones. Hasta que aprendí a invertir, invertir en mí. Así que, si en la vida solo tienes limones, no los desperdicies en una limonada. Úsalos para crecer.

HABITANDO EL CORAZÓN

No solo se trata de una cara bonita, porque tú, tú vivirás eternamente en mis pensamientos. No es únicamente esa intimidad que arde de deseo, sino esa intimidad que solo tu alma me hace conectar, que pocos en esta vida deben haber experimentado. Dame tus días, vibra en mi sintonía. Tengo un punto débil con tu nombre y apellido.

Me quedo con tu voz, tus ojos, tu vergüenza, tu ternura de niño consentido atrapado en cuerpo de hombre, me quedo incluso con tus manías raras de no gustarte los corazones azules, me quedo con tu nombre escrito con mayúscula.

Mi piel aprendió a escucharte y ahora no paras de sonar en mí. Regálame tu mal humor en las mañanas, tus cambios bruscos de ánimo, tus desvíos de tema y espontaneidad. Regálame música, sonidos, canciones, melodías y sintonías, aunque yo no sepa la diferencia, obséquiame el arte que hay en tus manos, tu talento. Tu manera de ser, una prenda de vestir de rayas, una taza mexicana, una planta que se llame Josefina, un sombrero de vaquero, unos zapatos nuevos. Regálame tu esencia, que quiero respirarte en una casa de montaña, abrazarte rodeados del verde de los árboles. Siguiendo tu camino, sé por siempre mío, que yo seré por siempre tuya. Habitando el corazón.

TENGO

Un día me quejé tanto por todo lo que me faltaba y no tenía que me sentí absolutamente deshabitada y hueca. Entonces me preparé un café y me pregunté, cual filósofa: «¿Qué tengo? Realmente, ¿qué tengo?», y al terminar el último sorbo dije: «Wao». No sabía que tenía tanto.

Gracias a tantos golpes a mi corazón pude darme cuenta al bajar la cabeza de que tengo zapatos para mis pies. No solo un par, tengo botas, deportivos, tacones. Y mejor aún, tengo pies para mis zapatos. Tengo la capacidad de sentir escalofríos, tengo el recuerdo de haber tomado un vino. Tengo un baúl gigante lleno de momentos, algunos hermosos, otros no tan buenos. Agradezco también haber probado tus besos, el tequila y saber bailar flamenco.

Tengo un amigo que me sirvió de espejo, reflejándome en él, caminando despacio, así comprendí que soy más débil de lo que creía. Entonces me inspiré y trabajé mi debilidad, levanté pesas hechas con experiencias, miré ese sendero recorrido y empecé a construirme nuevamente con pedacitos de su esencia. Me fui cargando de alegría.

Tengo trabalenguas que me ponen a pensar, una cama cálida, un cerebro lleno de información, un corazón agradecido, veinte dedos bien distribuidos entre manos y pies, y me di cuenta de que el mejor lugar que habito es el palacio de mi cuerpo. Al que tanto juzgo y poco respeto.

Tengo una bicicleta que me lleva a todas partes, un piyama desgastado que sigue aguantando cada lavada, unos kilos de más divinamente adquiridos, con sabor a postre de chocolate bien merecido. Tengo un labial rojo y un vestido que le hace tono, tengo amistades, personas que me aman, una nevera con comida, metas logradas y sueños por cumplir. Tengo ojos que admiran la arquitectura que se ingenia el hombre, también para ver la maldad y huir a tiempo. Tengo un reloj que no marca la hora, me divorcié y, aun así, tengo un anillo de bodas.

Tengo miedo, tengo sentimientos, tengo un techo. Me tengo a cada momento. Agradecí y evolucioné. Me amé, y ya no me quejé.

COMO SI NO ME HUBIESE ROTO

Te ibas alejando, como esas canciones que repiten una y otra vez el final, pero cada vez un poco más y más bajito hasta que ya no las escuchas. Dolías como cuando uno se queda dormido, primero lentamente y, de repente, de un solo golpe.

Entonces, de la nada, una tarde sonreí. Porque sí, porque el amor a veces castiga, pero la vida continúa. Ya hoy puedo ver claramente lo que tenía que aprender de nosotros, entiendo esas palabras amigables que intentaban hacerme comprender que de todo se aprende, ya corroboro que es cierto eso de que el tiempo cura las heridas.

Duermo plácidamente, disfruto mis desayunos, salto líneas invisibles en el suelo, piso charcos bajo la lluvia, canto en la ducha, me burlo de mí cuando dejo las llaves dentro del refrigerador. Leo novelas y he retomado el piano. Estoy pensando en apuntarme a clases de italiano. Y aunque sea algo imposible de creer, hasta hago ejercicios y aprendí ajedrez.

Sigo siendo yo, pero diferente. Recibí tantos golpes que me partí en mil pedacitos, pero conseguí la manera de volver a coserme. Tuve días muy malos donde no avanzaba, no lo puedo negar, pero la claridad y el entendimiento llegaron, parece que debía confiar en la serenidad.

Hoy puedo tomarme un vino contigo, verte a los ojos y no llorar, oler tu perfume de coco. Ya pasé mi peor momento, soy feliz, como si nunca me hubiese roto.

SIN ANILLO

La intención no es que hable mi arrogancia, porque a nadie he venido a lastimar. Tampoco quiero decirte que los hombres no nos hacen falta al sexo opuesto, eso es falacia. Reniego de ese sentir exageradamente feminista de mujeres que en el fondo no han sido bien empotradas. Sé admirar a una dama, así como puedo honrar a un caballero. Pero sí propongo dejar bien claro que ningún anillo me va a amarrar.

No necesito de un papel firmado y sellado por funcionarios robot del Estado para saber quién me ama de verdad o quién me ama de mentira, pero al fin y al cabo yo decido si es un amor que valga la pena disfrutar noche tras noche y vida tras vida.

Un derroche excesivo de la moneda de más valor no es ni de cerca lo que busca este aventurero corazón. Yo quiero que la energía fluya libremente, dar un abrazo y que quien lo reciba lo sepa sostener. No comprendo a aquellas personas que necesitan que alguien más valide su propia existencia, porque yo me basto a mí misma, y lo he aprendido con dolores, engaños y carencias. Expreso mi cariño como un espiral ascendente que da vueltas y vueltas sin cesar, hasta que un estallido de emociones retumba como fuegos artificiales en el cielo nocturno. Mis incontables amantes lo han sabido valorar. Pero no, no me amarres, no intentes que un anillo me diga que me debo quedar. Me gusta vivir sin chaleco antibalas, sin escudo y apostándole mi vida a la suerte. Soporto a mis demonios porque nunca me dejan sola, pero encargarme de los de otra persona me convertiría en dueña de la mano que aprieta el gatillo. Me gustan las aventuras, caminar al borde del abismo, ser la voluntaria en el circo, por eso tengo códigos personales que me prohíben arrastrar a otros conmigo.

No. No me hace falta tu anillo. Me maravillan las féminas que tienen metas de profesiones, emprendedoras, que sueñan con ser madres y que son capaces de mantener un hogar para sus esposos. Fieles, amorosas, complejas, dispuestas a todo. Yo no encajo en ese grupo porque me miro en el espejo mágico y ese futuro no lo contemplo. Quiero que mis alas vuelen en otra dirección, ser la oveja negra, probar y experimentar lo que nadie se atreve. Porque mi perfume es especial, aunque lo usen miles de pieles en el mundo entero, solo conmigo el aroma que se respira puede marcar un alma.

Yo me quiero con mi lado hiriente y con mi faceta amable, cursi o indiferente. No me quiero a trozos ni fragmentada, y hoy, no estoy dispuesta a cambiar por nadie, porque sé que no estoy destrozando ningún corazón. Mis manos están bien como están; si algún día considero que se pueden ver mejor con un anillo, tranquilo, que yo misma me lo compro.

EN LA ARENA

Y esa mañana, me sentía vacío. Había fracasado y me vi derrotado. Salí a dar un paseo a la orilla de la playa, necesitaba despejar mi mente.

Entonces me di cuenta de que algo brillaba en la arena, era una botella. Me acerqué para recogerla y tirarla en el contenedor, pero, para mi sorpresa, no se trataba de una botella común, tenía un papel dentro. Intrigado, lo saqué y era un mensaje que decía:

«Valiente es aquel que, aun con miedo, lo vuelve a intentar. Es aquel que se acepta con debilidades, pero se enfoca en mejorar sus virtudes. El mundo está lleno de cobardes, necesitamos más valientes como tú».

Desde ese día, cada vez que me siento afligido, me recuerdo que soy un guerrero y que el mundo me necesita.

EN VERDE

Sinceramente, no quería profundizar en mi interior. Al pasar de los años, me he ocultado detrás de una coraza forjada en hierro, impenetrable, a prueba de balas, de fuego, de amor, de abrazos. Me describen como una persona muy difícil y testaruda, de carácter fuerte, pero la verdad es que también me quiebro a veces, soy un ser humano como tú, que siente, que ama, que padece.

Me cansé de fingir, de engañar, de aparentar. Estoy preparada para gritarle al universo que, aunque me comunico con veneno, tengo un corazón blando hecho con algodón de azúcar. Que, aunque he perdido batallas, soy una campeona. Que la historia de esta sonrisa fue escrita con sudor y trabajo duro.

Prepárate, mundo, porque tengo todos los semáforos en verde, y no hay quien me detenga.

LA PRINCESA Y LA COMETA

La princesa tenía esa cometa desde que era tan solo una niña. Fue una ofrenda de su aldea, en su cumpleaños número doce, como muestra de su agradecimiento por tan noble corazón. El mejor obsequio, hecho con amor.

Juntas vivieron momentos extraordinarios, corriendo por los pastizales y praderas. Cada vez que el viento avisaba su llegada con un susurro, se preparaban para jugar y sonreír. Y en días de calma o lluvia, la fiel cometa adornaba su habitación, dándole vida y color.

En contadas ocasiones, la cometa sufría algún percance que le impedía volar, pero su amiga la princesa jamás la dejaría sin funcionar. Remiendos aquí, remiendos allá, siempre volvía a marchar. Y de esa misma manera, con toda su atención en colocar purpurina a la cometa, la princesa podía distraerse cuando su corazón sentía una pena.

Cuando la princesa la soltaba, la cometa caía en un árbol cercano, o el cordón se quedaba enredado en su mano. Hasta que un día, con mucho dolor, tuvo que dejarla ir, tantas reparaciones habían dañado su cuerpo y si hacía alguna más, perdería toda su esencia y no podría volar. Entendió la princesa que debía soltar, pero soltar de verdad.

Por eso, en una agradable mañana, realizó un pequeño ritual; por última vez, corrieron juntas de la mano, sonrieron. Un último vuelo. Como el Apolo 17. Hacia la libertad.

¡QUÉ BONITO ES SANAR!

Había creado mi propia cárcel, una muy bonita, por cierto. Donde aparentemente todo brillaba, y solo se reía. Pero después de los tropiezos me dejé de tanta tontería, asumí la realidad y ahora soy una guerrera de vida. Aceptando el negro, el blanco y el gris con sus matices.

Por supuesto que me han roto el corazón, en especial tú. Admito que yo he causado sufrimiento también. Pero aprender de los errores se puede, se debe. Me confieso humana. Soy mi prioridad. Me alejo de relaciones tóxicas. Construyo mi propia paz. Solidifico mi autoestima. Recibo. Me aplaudo. Entiendo que es un proceso. Me proclamo reina, y aunque he caído, nada vence a mis piernas. Tengo bloques que nadie atraviesa.

¡Qué bonito es sanar! Qué lindo es trascender, evolucionar y cambiar percepciones, paradigmas, juicios. Brindo por los amores que son maestros. Aprendí que la vida tiene sentido, que depende de nosotros verlo. Fuiste mi espejo y con eso me quedo.

Me enseñaste todo lo que no sabía sobre el dolor, y sobre el amor. Gracias a ti, y a cada piedra en mi camino, hoy soy más intuitiva, más inteligente, más precavida. Ahora entrego mi corazón, pero en equipo con el cerebro, y los mantengo sujetados con un cordón. No me desboco, ando con cuidado y no firmo ningún contrato sin leer la condición. Esas letricas minúsculas del final no me volverán a engañar.

FUIMOS

Fuimos de ese tipo de personas que creían ser felices, hasta que nos conocimos y entendimos cuál era realmente la verdadera felicidad, que solo se vive en pareja. Fuimos como dos niños el día de su cumpleaños, comiendo más tarta de chocolate de la permitida, jugando sin parar y recibiendo un montón de regalos divertidos. Fuimos ese equipo ganador después de tantos meses de entrenamiento duro, ese chef que montó su restaurante, ese escritor que publicó su primer libro que, además, fue un best seller, ese adolescente que recorrió un vientre por primera vez, esos padres que vieron los ojos de su bebe recién nacido enamorándose instantáneamente. Lo fuimos todo, no sé exactamente qué, pero fuimos algo. Y a pesar de que se trate de un pasado, cada segundo vivido a tu lado se quedó en mí, en mis pasos, bien adentro marcado.

Ya no es ese entonces en el que reíamos juntos. Ya no es como ayer, que construíamos castillos de cartón y ahí dormíamos felices. Sin embargo, no hay pesar, no hay pena. Me enorgullece saber que crecimos de la mano, aunque ahora transitamos caminos separados. Me nace agradecerte, porque caímos suavemente, tal como se desprenden las hojas en otoño, pero fue necesario para florecer en primavera.

Fuimos amantes salvajes, dejando todo en esas sábanas, sudor y lágrimas. Fuimos mejores amigos que compartían secretos, confidentes, compañeros de trabajo, colegas. Fuimos padres e hijos, rol que nos gustaba variar dependiendo de lo que mereciera la situación, fuimos pareja de baile para vibrar con la elegancia del tango, cómplices de travesuras y aventuras, aprendices de boxeo para esquivar golpes sorpresas. Nos apoyamos, nos protegimos, nos amamos, nos celamos. Fuimos sinceros, valientes, justos. Dos forasteros llegando al mismo lugar, dos aves migratorias que viajan por los cielos. Fuimos magia, momentos inolvidables, esperanza, melodías, gotas de lluvia, romances, canciones. Fuimos sinsabores, y sensación de caída libre. Fuimos una rosa deslizándose por un cuerpo desnudo, noches sin dormir no precisamente por insomnio, una ducha después del sexo, el humo del cigarrillo para apaciguar las ganas. Fuimos calor y nieve, una historia que contar, un ejemplo a seguir.

Fuimos lo que quieras decir que fuimos, fuimos nuestros, yo era tuya y tú eras mío, fuimos de todo menos un error. Y lo más importante es que fuimos reales.

ATRÉVETE SIN PREJUICIOS

Desempolvando unos tacones de aguja, negros, de dieciséis centímetros de atura. Me atreví a ponérmelos con un baby doll de encaje, negro también, casi transparente, con un liguero a juego en mis largas piernas. Me encontraba sola en ese momento, mirándome y observándome frente al espejo del baño. Me sentía absurda. Me daba la sensación de que mis estrías se hacían más rojas y de que unos seres vivos extraños e invisibles me iban inflando hasta hacerme sentir más gorda.

Parpadeé fuertemente y varias veces para volver a mirar a esa mujer del espejo sin volverme loca, y su reflejo, al ver mi cara atónita, me sonrió. Cogí el frasco de mi perfume preferido y presioné para rociar sobre mi cuello y muñecas con la fragancia; el fresco líquido en aerosol me erizó la piel. Solté la coleta de mi cabello y sutilmente sacudí mi cabeza, dejándolo caer hasta mis hombros de manera natural y despeinada. Apliqué labial tono carmesí en mis gruesos labios y me causó gracia leer que el nombre del tono era SEDUCTORA.

Algo cambió en mí. Comencé a sentirme un poco más sensual, más segura. Sensaciones de cosquilleo viajaban por todo mi cuerpo, dando sutiles corrientazos activadores. Me armé de valor. Salí del baño.

Caminé con paso firme hasta el salón y me paré justo enfrente de la pantalla del televisor. Entonces, inevitablemente, él me miró. Se quedó inmóvil, desconcertado. Sus ojos se desorbitaron, su mirada quedó fija en mi atuendo. Pasados unos segundos, logró, muy torpemente, apagar el televisor, dejaron de escucharse las voces que narraban el noticiero y se enmudeció el ambiente. Sentí más corrientes por mi cuerpo; automáticamente, cambié de pose, ahora con mayor confianza, moviendo lentamente una pierna hacia un lado, dándole un toque muy femenino. Y con ligereza moví mi cabello.

Él hizo ademán de levantarse, pero con un gesto de mi mano le ordené que no. De repente, ya la diosa que habita en mí me había poseído. Yo no la invoqué, pero llegó sola, y con fuerza. Rápidamente, puse música con el móvil y mientras él aún estaba boquiabierto empecé a danzar. Movimientos sensuales invadieron mis caderas, sus ojos me perseguían como si él fuese una serpiente hipnotizada.

Cintura, piernas, brazos... todo perfectamente coordinado y sincronizado, mientras subía la libido. La temperatura también parecía aumentar. Nuestros cuerpos se acercaron y enseguida el chispazo prendió el fuego. Ardiendo de deseo. Mi mente quedó en blanco. No pensaba, no razonaba, no recordaba mi nombre. Solo sentía.

Con su fuerza me levantó y encajé con el sofá, reventó la lencería dejando únicamente mis zapatos. No sé cómo, pero entre besos y caricias lo desnudé completamente con total agilidad. Entre jadeos y risas creció la magia. Su sudor me parecía agua en el desierto. Sobre mí, compenetrados, nos convertimos en uno solo. Muy dentro de mí, sentí éxtasis. Me embriagué en un estado de placer que absorbió todas mis inseguridades.

Su mirada llena de deseo me hacía sentir más diva, más divina. Apretaba y mordía mis muslos hasta tal punto que dejé de ver gordura para empezar a apreciar curvas. Nuestros cuerpos no necesitaban manual de instrucciones para quererse, el placer fluía como el agua de un río caudaloso. De la misma manera, naturalmente, la humedad era la protagonista de mis partes íntimas. Más que pasión y lujuria, esa noche de gemidos y penetración significó para mí una revolución. Porque perdí el miedo, dejé atrás el tabú que estaba grabado en mi cerebro sin yo entender aún de qué se trataba la sexualidad.

Me di el permiso de explorar, de sentir, de ser salvaje, de dar y de dejarme querer. A partir de esa noche, tuve mucha lencería, que solo usaba durante unos cortos minutos.

Y nunca más se empolvaron de nuevo los tacones negros de aguja.

CAMPEONA

Y de repente, recibí la noticia, como un balde de agua helada. Sin darme cuenta, mis rodillas perdieron fuerza, mis piernas se doblaron sin que yo lo ordenara, dejándome caer al suelo. Sí, caí. Arrodillada. Sin fuerzas para mantenerme seguí cayendo un poco más hasta quedar tumbada totalmente. De forma instintiva, me coloqué de lado, tomando una postura encogida, en posición fetal, abrazándome a mí misma.

La vida me estaba avisando de que había perdido otra batalla. Nos habíamos enfrentado tantas veces en el ring de boxeo que, a decir verdad, entre tantas luchas, no sé cómo iba la cuenta de victorias y derrotas. Las ocasiones en que yo resultaba ganadora de un round me sentía indestructible, inquebrantable, todopoderosa. Pero cuando perdía… la sensación era otra.

He luchado con algunos desamores antes de ti, con personajes abusivos en mi historia, con enfermedades silenciosas, maltratos desgastantes, negocios difíciles, adicciones, inseguridades. Pero la forma en que esto terminó me dobló el cuerpo, me partió el alma. Me habías jurado que seríamos un para siempre, pero allí estabas, haciendo tus maletas, preparado para marcharte, dejando mi mundo vacío.

¿Acaso tienes idea de lo que se siente al morir? ¿Tienes algo de empatía en tu sentir? Imagina lo que es morir de amor, que según estadísticas médicas a nadie le ha sucedido, pero la gran mayoría dice haberlo sentido. Morir de dolor, de decepción. Porque cuando se ama tan intensamente, se siente más cada detalle, cada acción. Me hiciste sentir, pidiendo disculpas a las almas por tal comparación, como si yo estuviese en un campo de concentración. Abandonada, desamparada, sola, sin esperanzas, sin familia, con muchas dudas por delante. Pasando mucho frío, mucha hambre, sintiéndome como un saco de huesos y carne y no como un ser humano. Me dejaste con el «te quiero» atarugado, con el «te extraño» atragantado.

Pero ya hoy aprendí. Vale, no ha pasado nada. Solo queda la marca de tu golpe y de tu puñalada por la espalda. Vete, termínate de ir del todo, márchate y no regreses nunca. Estaré mejor sin ti. Qué bueno que decidiste dejarme. No perdí yo, tú me perdiste a mí. Valioso tesoro que has dejado atrás.

No hay resentimientos porque ahora lo veo claramente, soy libre, del falso valor que me tenías. Ya entiendo el dicho de que «si el veneno no te mata, seguro te hace más fuerte». Si decidiste irte así, de la noche a la mañana, es porque ya no soportabas verme. No pagaré mal con mal, porque soy capaz de avanzar sin lastimar. Yo también cometí unos cuantos errores, y lo siento. Pero tú, solo obsérvame, hoy en día soy más fuerte, más valiente, soy líder, ya no me dejo pisotear, ni pisoteo, pero la próxima oportunidad en el cuadrilátero de boxeo, seré la campeona, y de por vida.

TE JODE

Me preocupaba como una tonta, porque pensé que te había dañado. La culpa me iba pudriendo por dentro, de pensar que te había jodido.

Hice hasta lo imposible por recuperarte, por disculparme, por salvarnos. Guiada por la luz de la luna para sanar a tu corazón aturdido.

Lo intenté todo, pero nada funcionaba, seguías dándome la espalda, y tu despedida fue un reclamo por haberte ahogado. Yo intentaba en vano sacarle una sonrisa a tu corazón herido.

Tu odio me entraba por los poros y me atravesaba como una bala que se fraccionaba hacia todos lados. Hasta que entendí que lo que te jode es ver cómo yo sé construir mi propio camino.

Lo que te irrita es que cuando lo nuestro se terminó, a pesar del dolor, yo no me fui abajo. Sino que curé mis heridas colocándome yo misma pañitos tibios.

Ahora estás en el lugar en que yo estuve cuando te buscaba y mi linterna parecía tener un fallo. Porque no te veía y tú te escondías, dejándome el corazón partido.

Lo que te molesta es que me piensas a cada instante, sin poder olvidarme, porque nunca antes te habían amado como yo te he amado. Ahora me ves feliz y sabes que intentar reconquistarme sería un intento fallido.

Te jode. Te jode porque me bloqueaste en todas las redes sociales y ahora eres tú quien no puede encontrarme. Atado de manos, callado, derrotado, y aún enamorado. Tu orgullo te jugó sucio, te encuentras solo y arrepentido.

No te queda otra opción que buscar algún amigo en común que te envíe una foto mía, te das cuenta de que me veo hermosa y te quedas sin palabras, helado. Lo que te jode es que soy feliz, con todo y lo que me has dolido.

PRIMAVERA

Esa estación que nos invita a renacer, inspirados por el despertar de las plantas. La llamada primavera. Época de renovación, donde todo está envuelto con gratitud y sonrisas. Me doy cuenta de que estoy hecha a mano, soy artesanal, tengo algunos detalles que marcan mi imperfección, pero eso me hace única e irrepetible. Y para unirme a la danza de las flores que nacen, dulces y jóvenes, me arranco las páginas en las que aparece tu nombre. Así borro el dolor y solo conservo hojas en blanco para poder ir hacia adelante, dejando ir lo que no es para mí, sin aferrarme.

Sé que me quieres, pero al ponerte en primer lugar siendo tú un individuo tan amante del clima gélido, no podemos andar por el mismo camino. Entiendo que tu corazón se haya congelado, que ni el calor del sol ha podido calentarlo, pero, tranquilo, que tu raíz permanece intacta, y te aseguro que volverás a florecer. Tengo mi fe en esta perfecta primavera. Temporada de colores pasteles, de rayos de sol que no queman, de brisa fresca que no hiela. Apuesto por la vida, por el amor, por el ritmo, por la fertilidad, por la Madre Tierra, que sabe lo que es morir, pero también renacer. Converso pausadamente con el agua, que es movimiento y me enseña a fluir, para no apegarme y no permanecer atada en el mismo lugar. Me dejo sorprender por la belleza, que no conoce de fronteras. La mía, la de la naturaleza, la verdadera hermosura, que no es pasajera. Corro descalza en el verde de la pradera, guardando tu fragancia para siempre en mi memoria, llenando mis espacios vacíos de tu amor en esta delicada primavera.

QUERIDO LECTOR:

Sé que tú también te has roto alguna vez, te has partido en mil pedazos. Hoy dejemos atrás las ganas de buscar culpables y vamos a reconstruirnos, hagamos una reforma en el interior. Es momento de levantarnos, más fuertes, más sabios, más sensibles. Te regalo una palabra que verás unas líneas más abajo. Subráyala, píntala, recórtala. Lo que quieras, hazla tuya.

Renacer

OJALÁ TE ENAMORES

Ya no te tengo, pero la victoria es de quienes creen en ella, y sé que gané por haberte conocido. Existe un antes y un después de ti, me cambiaste hasta las células. No me amaste como yo a ti, pero sin rencores, igual deseo que te enamores para que algún día sientas lo que yo siento.

Sí, ojalá te enamores y veas a la luna danzar en sus ojos, y que su piel te parezca que es bañada con luz de estrellas. Que se convierta en tu primer y último pensamiento de cada día, que te erices al olerle. Ojalá te enamores y que esa persona nunca pierda la fe en ti. Que te duermas acurrucado entre sus brazos y que despiertes flotando siempre en su sonrisa mientras te dibuja los buenos días con sus dedos.

Algunas personas simplemente sueñan mientras otros trabajan para ver esos sueños hechos realidad, espero que te enamores de alguien que pertenezca al segundo grupo, de los que consiguen lo que quieren. Dicen que todos tenemos luz y oscuridad, pero que lo que realmente importa es lo que queramos potenciar, y yo anhelo ver tu lado triunfante en crecimiento, que tus demonios se tomen unas largas vacaciones. Y que si vuelven a visitarte, se encuentren también con esa afortunada que te apoya, que jamás te dejará caer, que te sostiene. Ojalá te enamores de su esencia, de su mirada, de su andar, de sus manos y sus caderas. Sé que ya es muy tarde, que lo nuestro se acabó y que jamás te dije adiós; por eso te repito: ojalá te enamores. Que, si lo haces, estaré en calma. Porque de eso se trata el verdadero amor.

Quiero que sientas esa conexión instantánea que te deja sin habla, las famosas mariposas en el estómago, que sí, son reales. Como cuando yo sentí que tu amor llegó a mí como caído del cielo. Enamórate y sonríe como un tonto, ponte nervioso, duda sobre si tener esa cita en el parque o en el autocine para intentar que sea perfecta. Ojalá te enamores y sepas lo que es preocuparse por el bienestar de otro. Que te falte el aire de tan solo pensar que ya no estará. Que los finales felices de las películas de romance te hagan fantasear con que ustedes son los protagonistas. Ojalá te enamores, tanto que cuando folles no pienses en ti, sino en su placer. Que sepas conjugar los verbos amar, querer, respetar, extrañar, admirar. Que te cambien la vida.

Piérdete en sus curvas, que sus senos redondos sean tu montaña preferida y tu sendero de cada mañana, duerme la siesta en su vientre mientras te arropa el alma, obsérvala mientras pone los ojos en blanco cuando la llevas al punto máximo del orgasmo. Ámala. Admírala. Lucha por ella.

Quiero saberte feliz y enamorado hasta el tope. Así como yo cuando me enamoré de ti. Por eso deseo que ojalá te enamores.

ME LIBERO

Lo tuyo y lo mío es. Es porque te llevo conmigo. Pero pasará, gracias al poder de esta carta, a ser tiempo pasado. Hace un año que te esbocé ese dibujo que no verás nunca. Hace un año que me compusiste la canción que jamás escucharé. Hace poco más de un año que decidimos irnos en un viaje que no se concretó. Nos alimentábamos de la ilusión, y yo me vaciaba lentamente.

Recorrí tus caminos. Me generaste ansiedad. Volteaste mi mundo. Sacudiste mi alma. Robaste mis emociones. Embriagaste mi cuerpo. Enfriaste mi corazón cuando yo solo deseaba calentar tu vida. Te convertiste en un nuevo continente para mí. Si tú entendieras quién soy realmente, sabrías que estoy fragmentada. Que la locura quiso adueñarse de mí el mismo día de tu despedida. Pero comprendí que lo único que puede sucederme es la existencia misma. Maestro, tú, tan sabio sin querer serlo, que viniste a hablarme de superación, con unas maneras un tanto difíciles de comprender. Y yo, la alumna terca que sabiendo que podía estrellarme decidí acelerar y adentrarme en tu esencia. Intenté darlo todo en la relación, pero mi todo no fue suficiente. Entiendo que no merecía tu cielo, pero tampoco tu infierno.

Me conozco y sé que te voy a querer para siempre, aunque intente no hacerlo. Me escuece más olvidarte que recordarte, así que te tendré presente mientras pique y aunque duela. Dicen que el dolor fortalece. De todas maneras, tengo muy claro que tú me recordarás en cada puesta de sol. Yo me harté de sentirme como la presa y tú el cazador, y aquí estoy con mi valentía y dignidad para pedirte perdón. Perdón porque a partir de este día te llevaré en mi mente como un «fue». A partir de hoy, nos acabamos. Ayer no es igual.

No miento, me ha costado. Y te escribo esto quedándome arrugada, como una hoja de papel. Porque mi corazón bailaba cada vez que te veía, incluso el último trozo de mi postre era tuyo, mi lado de la cama dejó de ser mío, mi diario pasó a ser de tu propiedad, porque te entregué todo, perdidamente enamorada. Aprendí a quererte tanto que sé leer en tus ojos cuándo mienten y cuándo son sinceros. Tú veías a la mujer, pero jamás miraste a la niña llorar, criticabas mis actos y juzgabas mis razones. Me hablabas de afecto mientras me decías adiós. Ya no comparto contigo el vaivén de mi interior, te expulso de la mejor forma posible de mi presente. Es que de tanto sentir, ya no siento el alma. Tu cariño y tu odio. Tu recuerdo y tu olvido. Por eso, hoy no supero un desamor, sino un amor, que es más complicado.

Me lanzo al vuelo para recorrer el cielo. Te amé, de veras lo hice. Y con esto, te libero. Y lo mejor, me libero.

www.ingramcontent.com/pod-product-compliance
Lightning Source LLC
LaVergne TN
LVHW090937150826
845672LV00006B/1542

* 9 7 8 8 4 0 9 2 9 7 8 1 8 *